U0606541

# 我的心里住着一个世界

写给孩子们的50封信

吕瑜洁 著

作家出版社

CONTENTS

## 二 亲子关系篇

## 三 理想情怀篇

## 四 情商性格篇

## 五 番外："年糕妈妈" 专栏文章

# 当你"有事做"时，
# 你只想过一种简单的生活（代序）

## 1

两千多年前的孔子说："四十不惑。"

今年刚好四十岁的我，渐渐有了一些"不惑"。

"不惑"，首先从衣柜开始。

曾经，衣柜是我最喜欢光顾的地方。为穿什么、怎么搭配，乐此不疲地费心思。

如今，我的衣柜越来越简单了。衣柜里不再有曾经堆得满满却不知从何下手的衣服，而是简简单单几件衬衫、毛衣和外套。不再费心如何搭配，整整齐齐地穿好，就可以出门了。

和衣柜一样悄然发生变化的，还有鞋柜。

在刚刚过去的这个冬天，门口玄关处，只有简简单单三双鞋，但却比以前一堆杂乱的鞋，更让我安心。

日常饮食，也变得越来越简单。一个人在家时，我喜欢煮一碗面条，或是炒一盘年糕。简简单单，却既美味，又落胃。

四十，不惑。

我对"不惑"的理解是，我似乎活得比原来明白了。

我渐渐明白了什么是值得自己孜孜以求、努力一生的，也明白了什么是可以一笑了之、轻轻放下的。

我希望孜孜以求、努力一生的，是精神世界的不断丰足。

## 2

时间，无始无终。空间，无边无际。

站在时空的坐标轴上，人类渺小如草芥。能让"渺小"变得"丰盈"的方法，可以有很多种。而阅读，一定是其中重要的一种。

我相信"开卷有益"。

一本书，就像一个人。当你阅人无数、阅尽千帆后，自然会找到那些你喜欢的作家、喜欢的书和喜欢的知识领域。

当你喜欢上某个作家时，你会执着地读完他的所有代表作。

比如，我喜欢蒋勋，就从《蒋勋说红楼梦》读起，然后，陆陆续续读完了他的《蒋勋说唐诗》《蒋勋说宋词》、"中国文学之美"系列、《孤独六讲》、《美，看不见的竞争力》……

比如，我喜欢杨澜，读了她的《凭海临风》《一问一世界》《幸福要回答》《天下女人：花开在人海》《世界很大，幸好有你》……

比如，我喜欢白岩松，读了他的《痛并快乐着》《幸福了吗》《白岩松：行走在爱与恨之间》《白说》……

最近两年多，因为在创作长篇历史爱情小说《此物最相思——王维传》，就徜徉在《资治通鉴》《新唐书》《旧唐书》《唐六典》《唐会要》《唐才子传》《世说新语》等古籍中，乐此不疲。

总之，一切能满足我对未知世界好奇的知识，我都愿意亲近，并乐在其中。

3

阅读和写作，就像一对孪生姐妹，如影随形，难分彼此。

书读着读着，就会情不自禁地拿起笔来，写点什么。

2016 年 3 月，我开通了"桑葚三味"个人公众号。

江南的桑葚，酸酸的，甜甜的，酸中带甜，甜中带酸，不正是生活的滋味吗？我在"桑葚三味"里，写家书之味，写历史之味，写《红楼》之味……

每一"味"，都是我对生活的感受和表达。

我就像一个在海滩上捡贝壳的孩子，将我见到的美丽贝壳，一一收在小背篓里。很多年后，可以慢慢回味。

2017 年 1 月，我将"家书之味"栏目中的 50 封信，集结出版了《我的心里住着一个孩子——写给女儿们的 50 封信》。

在这本书的自序中，我写了这样一段话：不是每个孩子都能达到世俗意义上的"成功"，但每个孩子都可以"成长"。成长，比成功更重要。我们可以不成功，但不能不成长。

如今，三年多过去了，这本书已连续加印九次，在京东、当当、天猫等网站热销。

为什么这本普普通通的书，会引起大家的关注和喜欢？

有读者这样评价《我的心里住着一个孩子》："从欢、乐妈妈的 50 封书信里，可以感受到她们一家的生活很平常、很普通。欢、乐妈妈的书能引起大家这么多共鸣和思考，或许正说明了这样一个事实——简单、和谐、真诚、返璞归真，是我们越来越向往的家庭关系和生活状态。"

# 4

禅说：砍柴即砍柴，吃饭即吃饭。活在当下，心无杂念。

木心说：岁月不饶人，我亦未曾饶过岁月。

电影《无问西东》说：爱你所爱，行你所行，听从你心，无问西东。

我说：我的心里不仅住着一个孩子，还住着一个世界。在这个世界里，藏着我今生值得为之努力的所有美好。

比如，用真心和真情，在无数个不眠之夜，在键盘上敲下每一个文字。于我而言，便是这世上最美好的事。

尼采说："每一个不曾起舞的日子，都是对生命的辜负。"愿每一个独一无二的你我，都不辜负生命，快乐工作，认真生活，有事做，有梦想。仅此，而已，但已足够。

此次虽是第一次和作家出版社合作，但在我心里，却仿佛已经认识它很多很多年。

作家出版社出版的书，给一代又一代人提供了源源不断的营养。我至今不会忘记作家出版社出版的《哈佛女孩刘亦婷》和《好妈妈胜过好老师》，它们在我不同的人生阶段，给了我不同的启发和思考，让我感念在心、受益终身。

最后，感谢作家出版社，愿意为我这个无名小卒出版。

若这些在平常日子里写下的平常文字，能给相识的、不相识的你，带去一些喜悦和共鸣，那么，我已甚欢，甚乐。

# 一

# 学习篇

# 孩子，比成绩更重要的，是你一直以来的状态

## 1

亲爱的欢、乐：

讲真，如果不是因为朋友圈里铺天盖地的关于"期末考"的段子和图片，我几乎已经忘了你们快要"期末考"了。

你们的期末考，在我看来，就像我们成年人在年底时写的那份工作总结，总结过去一年的工作，并对未来一年工作做一些计划，这是一件再平常不过的事了。

那么，有关"期末考"的段子和图片，为何会在朋友圈泛滥呢？我认真看了这些段子，倒是读出了当下大多数家长对"期末考"的微妙心态。

## 2

客观地讲，这二十多年来，父母们的教育理念和教育方法已经进步了不少。

二十多年前，大多数父母是比较"简单粗暴"的。

看到自己孩子考差了，就一顿"棍棒伺候"或一阵暴风雨

般的批评指责。从"隔壁家的小明"对比到自家的"熊孩子"，越骂越起劲，越打越心狠。

如今的父母，多多少少转变了一些观念，觉得不能再这样一味地"简单粗暴"下去了，总要讲究些方式方法。比如，赏识孩子，鼓励孩子，包容孩子，为孩子加油鼓劲……

以下四个段子，挺能说明家长的这种心情。

第一个段子是"本周最重要的三件事"。一是陪娃复习要沉得住气，切记娃是亲生的，他一切是遗传你的！二是考完试别问考得好不好，先给娃一个大拥抱，再请娃好好吃一顿，毕竟他（她）也辛苦一学期了！三是出成绩切记要淡定，控制好体内的洪荒之力！这个世界上最宽广的是海洋，比海洋更宽广的是天空，比天空更宽广的是考试范围，比考试范围更宽广的是看到娃成绩时家长的胸怀。共勉！

第二个段子是一篇题为《宽容》的年度最佳微小说。娃儿拿回成绩单。老爸一看，数学 0 分，语文 1 分！娃儿点点头，颤抖中……空气凝结，气氛无比恐怖，感觉不太妙……老爸深吸一口气，说道："崽儿，你有点偏文科哟！"——希望爸爸妈妈们都要有这样的心态。

第三个段子是一句口号——没有"烤柿"，就没有伤害！既然"烤"了，就加点油"烤"吧！配图很有意思，在一堆熊熊燃烧的柴火上，架着几个柿子，果然是"烤柿"！

第四个段子是一张电影海报。片名是《期末考》，类型是悬疑、惊悚、武打，导演是教育局，编剧是任课老师，领衔主演是学霸们，武术指导是亲爹亲娘。2017 年 1 月 14 日起，全绍兴公映。

3

看完了这四个段子，或许大家都会开怀大笑。然而，笑过之后，是不是有那么一点心酸，那么一点沉重？会不会觉得孩子不容易，父母也不容易？

为啥"不容易"？你看，明明心里非常在意孩子的考试成绩，但在孩子面前，还要拼命沉住气，显得自己很宽容、很理解，这多"不容易"啊！

十年前，我还在绍兴日报社工作时，曾写过一篇题为《不再关注，或许才是最好的关注》的记者手记。

那时，身为采访报道教育新闻的记者，我三天两头跑绍兴各地的教育局和中小学校。特别是一到中、高考时节，我俨然成了一个编外"教育工作者"，每天泡在学校采访各类教育新闻，忙得不亦乐乎。

报社同事们和我开玩笑说："中、高考对考生来说是种煎熬，但对你来说真心是件好事。你看，有关中考、高考的稿子，特别容易被编辑采纳，几乎可以天天见报，而且不受字数限制，写多少发多少，简直成了赚稿费的神器啦！"

报纸为何乐此不疲、不厌其烦地发教育新闻？因为读者喜欢看。读者为何喜欢看？因为大部分读者都家有孩子、家有考生。

但是，我连续四年采访教育新闻后，忽然开始反思：这种全社会高度关注考试特别是中、高考的现象，难道是正常的吗？这对孩子身心的健康成长，难道是有利的吗？我越来越觉得，其中是否有那么一点"不正常""不对劲"？

4

于是，2007年高考前夕，我在采访教育新闻之余，写了题为《不再关注，或许才是最好的关注》的记者手记。

我记得，文章是这样开头的：每年采访中、高考时，我总能感受到中、高考带给这座城市的"灼热"感。全社会都在热切地关注考生，为考生提供各类绿色通道，似乎一切都可以让位于"考试"这件事。我不禁想弱弱地问一句："这样的'灼热'，这样的关注，是孩子们想要的吗？"

我还记得，文章是这样结尾的：中、高考怎样才能从"神坛"回归正常？这其中，牵涉全社会世界观、人生观、价值观的改变以及整个教育领域的改革。这样的改革，牵一发而动全身，定非一期一夕之功。身为记者的我，热切期盼着，将来有一天，我不再需要关注中、高考新闻，或许，这才是对考生最好的关注！

如今，十年过去了，整个国家、整个社会的教育改革，依然在路上。不得不承认，前方任重而道远，路漫漫其修远兮。

我呢，也已离开报社很多年，虽然不再采访教育新闻，但依然关注着教育话题。随着你们的成长，我似乎想明白了一件事，那就是如何看待考试，如何看待成绩。

我喜欢对你们说两句话。第一句话是：考试就是作业。把每一次考试都当成一个作业，轻松对待；把每一个作业都当成一次考试，认真对待，就可以了。

第二句话是：在我看来，和偶尔一次的考试成绩相比，你们一直以来的状态，才更重要。

## 5

是的，孩子，比成绩更重要的，是你们一直以来的状态。这，才是我看重的。

你们何时考试？考了几分？说实话，我真的并不在意。我在意的，是你们一直以来的学习状态。

我相信，如果你们每天认真听课，认真做作业，上课时能听懂，做作业时能搞懂，学过的知识能举一反三、融会贯通，那么，对于所谓的大考小考，又有什么好害怕的呢？

反之，如果上课时不专心听讲，做作业时敷衍了事、粗心拖沓，那么，一到考试复习阶段，就会忐忑不安，心慌意乱，急得临时抱佛脚。但，那时又有什么用呢？

就像我们成年人年底写工作总结，重要的不是文采如何了得，而是这一年来，我们做了哪些事，取得了哪些成绩。

如果这一年来，我碌碌无为，得过且过，就算我想破脑袋，文采再优美，恐怕也是言之无物，满纸空话套话废话而已。但如果我实实在在做了一些事，取得了一些成绩，那么，只需要"一二三"地写下去，必定是一份条理清晰、内容丰富的好总结。

## 6

我听到过两位家长在考前对孩子说的话，于我心有戚戚焉，和你们分享。

一位是父亲，他对参加高校自主招生考试的女儿说了三层意思：一是如果考得好，爸爸妈妈当然都替你高兴；二是如果考得不好，爸爸妈妈也不在意；三是大学自主招生考试，机会很多，你就大胆去考吧，这个大学不行，还有其他大学啊。

我相信，任何一个孩子，听了父亲的这样豁达乐观的"考前赠言"，都一定会自信满满地走进考场。

另一位是母亲，每次考试前夕，她都只对女儿说一句话："考前不紧张，考后不放松。"再没有其他多余的话了。她的女儿，从小学到高中，一直自觉、勤奋，且觉得学习很快乐。

至于我对考试的态度，在去年写给你们的《和考试和解》中，也已表达了一二。我说：孩子，学习，不是只需要爆发和冲刺的短跑，而是一场需要耐力、毅力和恒心的长跑。考试，则像长长的跑道上那些大大小小的跨栏。每一次跨越，干脆利落地跨过去了固然精彩，但摔倒几次，又有何妨？

孩子，请一定记得，比成绩更重要的，是你们一直以来的状态。只要你们每一天都在努力，都在积累，考试一定不是唯一的证明和唯一的机会。

相信，一分付出，定有一分收获！

2017.1.15

# 生活如此美好，不要被学习耽误了

## 1

亲爱的欢、乐：

前几天，我带你们去朋友家做客。朋友的女儿正读初三，即将面临中考。

我以为，她一定会被繁重的学业压得喘不过气来。没想到，朋友却洒脱地说："哪里，初中三年，她没有一天做作业超过晚上8点半的。8点半一到，她一定准时走出书房，到跑步机上跑步去了，比闹钟还准。"

我一脸惊讶，忙问："然后呢？"

朋友笑说："跑步半小时，然后，洗漱上床。在床上看一小时书，10点多睡觉。每晚都是如此，超有规律。"

我早就听说朋友女儿从小喜欢看书，用高尔基先生的话说，就是"我扑在书上，就像饥饿的人扑在面包上"。不过，当朋友带我走进她女儿的房间时，我还是被眼前的情景深深地震撼了！

不大的房间里，到处都是书。床上、桌上、凳子上、衣柜上……总之，目光所及之处，都是书。我走近朋友女儿的书柜，只见里面整整齐齐放着大部头的经典巨作，历史类的有《全球通史》《剑桥中国史》《万历十五年》等，文学类的有《飘》《战争与和平》《安娜·卡列尼娜》《复活》《悲惨世界》等，自然科学类的有《时间简史》《果壳中的宇宙》《上帝掷骰子吗？》……朋友说，她女儿喜欢物理，从初一起就决定高考第一志愿填写物理系。

自以为阅读量也不少的我，站在这个书柜前，忽然有一种自惭形秽之感。说实话，书柜里的很多书，我都不曾读过。

我忍不住弱弱地问："学习这么忙，你女儿哪来这么多时间看这么多书啊？"

朋友也是一脸疑惑："我也搞不懂。她说，只要想看书，时间总是有的。你看，同样一本《飘》，她就买了不同出版社的不同译本，翻来覆去看了好几遍了。"

这一刻，我对这个十六岁的小姑娘，真是佩服得五体投地。

## 2

让我深深佩服的，不仅仅是小姑娘广博精深的阅读量，还有她对时间的高效管理。这，正是我今天想和你们聊的话题。

2016年，我曾给你们写过一封信——《你想要的，时间都会给你》。当时，我对你们说："时间最公平，每天都是二十四小时，一分钟不多，一分钟不少。时间也最不公平，可以不止二十四小时，也可以少于二十四小时。关键是，要看我们怎么利用它。如果我们学会了合理利用时间，那么，你想要的，时间都会给你。"

孩子，学会高效管理时间，真的很重要。

《我的心里住着一个孩子》出版后，许多朋友在微信朋友圈分享这本书。其中，有一个老同学写了这样一段推荐词："对于写作，吕瑜洁的确是热爱，上班、带小孩之外，每晚几千字，雷打不动，从不懈怠；对于教育，从一名教育线的记者，到两个孩子的妈妈，从理论到实践，都是杠杠的。"

看到这段推荐词时，我很开心，也有点感慨。

一般说来，每晚的 8 点至 11 点，是我可以用来写作的时间。这三个小时，我很看重，也很珍惜。

不要小看这三小时。如果坚持用好这三小时，就会有意想不到的收获。

比如，在 2016 年一年里，我开通了"桑葚三味"公众号，拥有了几千位粉丝，写了几百篇文章，码了几十万字，出版了《我的心里住着一个孩子》……

很多朋友不解地问我，既要上班，又要管孩子，还要干家务，哪来时间写作呢？

我想了想，笑着用鲁迅先生的两句话来回答。一句是"时间就像海绵里的水，只要愿挤，总还是有的"，另一句是"哪里有天才，我是把别人喝咖啡的工夫都用在工作上的"。

朋友圈中有这样一个问卷调查："下班后，晚上 8 点至 11点，你会怎么安排？"调查结果显示，每晚的三个小时，决定了你三年后的样子。

3

孩子，只要你学会了高效管理时间，时间，是会"多"出来的。

我的时间从哪里"多"出来呢？

上班时，我高效完成各项工作。下班后，和家人共进晚餐。晚餐时间是我们一家人的"谈心"时间。我会听你们说说学校里发生的趣事、新鲜事，聊聊我的感受和看法……总之，天南地北，海阔天空，啥都可以聊。晚饭后，简单收拾一下后，就各回各的房间。你们做作业、看书，我看书、写文章。

你们读小学以来，我一直坚持不给你们布置额外的课外作业。我希望，你们完成学校布置的作业后，能"多"出一些时间，去做"作业"以外的事。

比如，看课外书；比如，学若干兴趣爱好；比如，锻炼身体……

孩子，生活如此美好，不要只被"学习"这一件事"耽误"了。

那么，怎样才能不被"耽误"？最好的办法，就是提高学习效率。

我觉得，作为老师，应该努力提高课堂效率。在有限的四十分钟内，将知识点讲清楚，讲透彻，让学生能在课堂里消化吸收，课后再用作业巩固一下即可。

作为学生，应该提高学习效率。课堂上专心听讲，听懂老师的每一句话。课外高效完成作业，养成预习、复习的习惯，温故而知新。努力确保每天睡前可以看半小时至一小时的课外书。

如果老师和学生都提高了效率，就不会陷入课堂上似懂非懂，课后大量刷题、大搞"题海战"这种"疲于奔命"的恶性循环了。

作为一个"上班族"，我们应该提高工作效率。八小时内，高效完成工作。八小时外，做一点自己喜欢的事。比如，对我来说，每晚坚持码字，是爱好，也是一种追求。

4

台湾名嘴、辣妈小S说："连身材都管理不好，还谈什么掌控人生？"

同样的，连时间都管理不好，还如何管理自己的一生？

最近期末考试前，发现你们做作业常常做到很晚。妹妹才小学二年级，就要做到9点，姐姐有时做到10点。如果按这样的节奏发展下去，等你们读初中特别是初三时，晚上12点前估计是无法睡觉了。这对正在长身体的你们来说，怎么行呢？

因此，孩子，从这个寒假开始，试着学会高效学习吧。

当学会了高效管理时间，你们会惊喜地发现，时间竟然"多"出了许多，可以做更多你们想做的事咯。

孩子，请记得，生活如此美好，不要被"学习"这一件事耽误了。

2017.1.21

# 认真，其实是只求"心安"

亲爱的欢、乐：

上周末晚上，我和爸爸去看李安的电影《比利·林恩的中场战事》，你们姐妹俩在家。当我们看完电影回到家时，已经10点多了，你们已经睡下了。

第二天，你们告诉我，我们出门后，你们先做作业，再看课外书，然后打开电视，看了一小时《奔跑吧，兄弟》，10点上床睡觉。我连连点头，并给了你们一个大拇指，你们安排得很合理哈！

有朋友问我，让孩子单独在家，放心吗？不怕她们只顾看电视、玩电脑，不做作业吗？

我很放心。因为，你们曾经告诉我，如果不先做作业就看电视，你们会感到"不安"。

我想，这种"不安"的感觉，比来自父母的遥控指挥和外在约束，管用得多，也有效得多。

## 2

有朋友问我，能不能给孩子买手机？我的答案是，可以。

电视机、电脑、手机这些在很多父母看来容易让孩子分心的东西，在我看来，都只是工具。既然是工具，孩子也有使用的权利。

从大禹治水开始，万事万物，"堵"不如"疏"。

比如，看电视。有朋友无奈地说，自从孩子上小学后，家里的电视机就被打入了"冷宫"。为了不让孩子看电视，家长只好带头不看电视。

在我家，能不能看电视，似乎从来没有成为一个问题。

我觉得，与其视"电视"为洪水猛兽，不如客观看待"电视"本身。孩子适当地看一些益智、健康的电视节目，是完全可以的。

我记得，你们上幼儿园时，特别喜欢看《爸爸去哪儿》，几乎一集不落。我陪你们一起看，那些搞笑的游戏和幽默的画外音，常让我们捧腹大笑。而且，还可以跟着节目组游历祖国大好河山，开阔眼界，增长知识，不正是寓教于乐吗？

你们读小学后，喜欢看一些历史题材的电视剧。比如央视在今年寒假播出的电视连续剧《于成龙》，你们看得津津有味。看完后，你们告诉我，于成龙很廉洁，纳兰性德的爸爸纳兰明珠很贪婪……于是，我顺着你们的话题，和你们聊了纳兰明珠和康熙、曹寅（曹雪芹的祖父）之间的故事。

好的电视剧，有时可能是一把打开孩子求知欲的钥匙。电视本身没有问题，关键看我们怎么用好它。

### 3

其实，不光是电视，推而广之，电脑、手机也是一样的。

我觉得，要用好这些工具，要先养成一个认真的习惯。如果养成了认真的习惯，它们会帮助你认识世界，反之，就容易沉迷其中。

"认真"，很多时候，和别人无关，是只求让自己心安。如果你无论何时何地，无论有无外在的监督，都能认真地做好一件事，那么，你就已经养成"认真"的习惯了。

"认真"的习惯一旦养成，就会像一个忠心耿耿的管家，无论何时何地，都会帮你管理你的言行举止。到那个时候，你想不认真，都难。

### 4

"认真"，是很难装出来的。一个凡事认真的人，很美。

你们看过真人秀节目《我去上学啦》《奔跑吧，兄弟》《极速前进》，你们还记得钟汉良在节目中的表现吗？节目中的钟汉良，无论何时何地，都很认真。

比如，在《我去上学啦》中，他和其他艺人来到重庆外国语中学，和高中学生一起上课。和其他艺人相比，他听课时的表情，显然要专注得多。

在一堂数学课上，老师讲解方程式。其他艺人只是随意地听着，他却全神贯注地看着黑板，听老师一步步讲解。后来，老师让他到黑板上演算，他没有像其他艺人那样寻求同学的帮助，而是胸有成竹地独立完成了。

比如，在《极速前进》中，钟汉良兄妹和李小鹏夫妇分在同一组，和另一组比拼记忆力，看哪个组能记住一大桌菜的名字。钟汉良兄妹负责记左边的菜，李小鹏夫妇负责记右边的菜。此时，镜头给了钟汉良一个特写，只见他一脸专注地口中默念，再是闭目回忆，不仅把左边的菜记住了，还把右边的菜也搞定了。

李小鹏开玩笑说："你不相信我们吗？"钟汉良连忙解释："当然不是，因为还有多余时间嘛，我就多记一点啰。"

我觉得，钟汉良不是在镜头前故作认真，而是长年累月养成的一种习惯。这个习惯让他即使并不真正属于校园，即使只是玩一个游戏，但只要身在课堂，只要有游戏规则，就会认真遵守，认真完成。

这一切，或许，只是让自己"心安"。

## 5

孩子，当你们养成了"认真"的习惯，你们就成了一个"自律"的人。

对于一个自律的人来说，你的一切行为，都是从自己的内心出发。至于有无外在的约束，其实并不那么重要了。你的学习、工作、生活，都会有条不紊、井然有序。

我大学读的是历史系，学魏晋南北朝时，教我们这段历史的韩升老师特地谈到了佛教中的"自律"和"他律"。韩老师说，佛教有很多戒律，但戒律的本质，其实是自律。

当你自律了，才能到达一个智慧的境界，一个自由、自觉和自然的境界，用孔子的话说，就是"随心所欲而不逾矩"的境界吧。

孩子，春天已经来了，满城春色，春意盎然。

愿你们在人生的旅途中，追求自由、自觉、自然的境界，春风拂面，如沐春风。

2017.2.15

# 你有多负责，才有多自由

## 1

亲爱的欢、乐：

一放寒假，你们就去外婆家了。今天，外婆打来电话，高兴地说，这个寒假，你们变化可大啦！我忙问有什么变化呀？

外婆说："以前，姐妹俩都要睡懒觉，现在早上8点就起床了。吃完早饭赶紧做作业，说要在过年前把作业做完，过年后就可以安心去广州玩了。"

我很欣慰。因为，你们已经懂得了自己的责任，并能合理安排时间去完成了。

曾经，我给你们写过一封信，题目是《你有多努力，就有多自由》。今天，我想和你们聊聊，你有多负责，才有多自由。

## 2

我记得，在你们更小的时候，我就对你们说，任何一个人，无论是大人，还是孩子，都有属于自己的责任。

比如，你们的责任是学知识，长本领，身心健康地长大。

我和爸爸的责任，是努力工作，让一家人过上更好的生活。爷爷、奶奶、外公、外婆的责任，是养好身体，安度晚年，享受天伦之乐。

如果我们每个人都能明白自己的责任，做好自己应该做的，那么，这个家庭一定是幸福和谐的家庭。

如果我们不明白自己的责任，稀里糊涂过日子，脚踩西瓜皮，滑到哪里算哪里，或者，做一天和尚撞一天钟，那么，这个家一定会乱成一锅粥。

因此，明白自己的责任，对自己的事情负责，很重要。

## 3

记得你们上小学的第一天，我就对你们说："学习是你们的事情，你们要对自己的学习负责哦。"

我是这样说的，也是这样做的。凡是和你们学习有关的事情，我都尽量不插手、不代劳，能不管就不管。因为，这是你们自己的事。

让我高兴的是，我的不管，反而让你们学会了对自己的学习负责，你们很担心学习这件事。

比如，前几天，妹妹从外婆家着急地打来电话，说："妈妈，我的语文寒假作业本找不到了。你帮我看看在不在我写字桌上？万一没有了，我得赶紧补做了。快要开学了，要来不及了……"妹妹一边说，一边快要急哭了。

比如，姐姐给我发来微信，是一张寒假作业汇总表的图片。凡是完成的，姐姐都打了一个钩。只有一个地方没有打钩，原来是让我到银行交下学期的餐费。

## 4

你们对学习的负责，让我想到了自己小时候。

我读小学一年级时，对于拼音中的三音节连拼，虽然老师在课堂上反复教了很多遍，我却总是学不会。比如，"花"的拼音是 h-u-a，我却总是读成 h-a。

回家后，我在家里反复练。晚上睡觉时，竟还梦见自己在读拼音。第二天吃早饭时，你们外婆告诉我，我晚上说梦话了，好像在念拼音。你们外公鼓励我说："对读书会担心的孩子，一定能把书读好的。加油吧，没问题的！"

从小学到大学，我一直觉得，学习是我最大的责任。如果不好好学习，就对不起父母，对不起老师。

你们外公外婆和别人聊天时，常常会感慨说："我们养女儿很省心。从小到大，我们都不需要为她操什么心，她什么事都自己有数。"

## 5

如今，身为两个孩子的母亲，也常有朋友问我："我一个孩子都忙不过来，你有两个孩子，肯定更忙了吧？"

其实，并没有朋友们想象的那么忙。而且，随着你们渐渐长大，你们学会管理自己、对自己负责后，我越来越"自由"了，属于自己的时间也越来越多了。

比如，放寒假时，我只是告诉你们，正月初三带你们去广州玩，初六回家，并没有要求你们何时完成寒假作业，但你们都很自觉地规划好了寒假的生活作息，该做的作业自觉抓紧做完。

收拾去广州的行李时，你们还说要带上作业本，有空时还可以再做一点尚未完成的作业，倒是我反过来劝你们，玩的时候就痛痛快快玩吧，回来后还有一周时间可以查漏补缺呢。

正因为你们对自己负责，很好地履行了自己的责任，所以，你们学习、玩耍两不误，在广州的四天里，我们安心地吃美食，看大马戏表演，去黄埔军校缅怀峥嵘岁月，坐观光巴士逛大街小巷……玩得惬意、开心！

试想，如果你们过年前拖拖拉拉，该做的作业没做，那么，你们还能安心玩吗？或许，一想到一大堆作业等着你们回来"还债"，你们就开心不起来了吧？

## 6

孩子，请记住，责任和自由，就像硬币的两面，密不可分。

如果不履行责任，一味想着自由自在地玩乐和享受人生，那么，这种玩乐和享受就像是向老天"偷"来的或"借"来的，不仅不可持续，而且将付出更大的代价。

就像龙应台写给儿子安德烈的信《对玫瑰花的反抗》中说的那样："走进人生的丛林之后，自由却往往要看你被迫花多少时间在闪避道路上的荆棘。"

我对这句话的理解是，只有妥善处理好了那些"道路上的荆棘"，也就是完成了你该承担的责任，你才能拥有真正的自由，那种真正的身心自由。

2017.2.20

# 当你自律了，你才成长了

## 1

亲爱的欢、乐：

前几天，和你们聊了"责任和自由"这个话题。其实，履行好自己应该承担的责任，就是一种"自律"。你有多"自律"，才有多"自由"。

和"自律"相对应的，是"他律"。

长期以来，对大多数孩子来说，在从小到大成长的环境中，更多的是"他律"，即来自父母、老师等外在力量的约束。而"自律"意识的培养，一直是欠缺的，或者说，是丧失的。

## 2

我一直觉得，"自律"，不是一种道德说教，而是一种需要培养的习惯和能力。

但，现实生活中，太多的孩子失去了培养"自律"的机会。为何会失去呢？因为被父母剥夺了。

中国的父母，总是有操不完的心。因为，在中国父母眼里，孩子永远是孩子，总是让人不放心。这种"不放心"带来的直接后果就是，凡是和孩子有关的事，父母都要干涉，都要插手。

最明显的例子，就是学习。明明是孩子自己的事，但父母就是不放心。每天都要过问孩子在校学习情况、作业完成情况、考试排名情况、学习用品整理情况……孩子的学习，仿佛成了整个家庭的"中心工作"。父母，名正言顺、义不容辞地成了孩子学习的总导演、总策划、总指挥……

在这样"他律"环境中成长的孩子，一旦进了大学，远离了父母的监督和约束，还能不如脱缰之马？大学四年，能真正"自律"地静下心来认真学习的大学生，能有多少？

哈佛大学终身教授丘成桐先生说："在美国，随着孩子年龄的增长，会一点点加重学习的任务，到了大学时是最苦的。所有的精英教育全都必须是吃苦的。而中国的孩子到了大学，却一下子放松下来了。他们放松的四年，恰好是美国大学生最勤奋的四年，积蓄人生能量的黄金四年。"

### 3

中国孩子的可悲之处，在于从小缺失了"自律"这门课。

中国大学生的可悲之处，在于几乎不具备"自律"的能力。

孩子"自律"能力的培养，要从父母理念的转变开始。

父母应该明白：教，是为了不教。教会孩子学会学习，学会生活，培养孩子自律的能力，才是真正对孩子的一生负责。

我很庆幸，我的父母早早看到了这一点。我的"自律"意识，或许就是在父母的一次次"放手"中，逐渐培养起来的。

记得我上小学后，父母就告诉我："读书是为自己读的，读书可以改变一个人的命运。我们通过读书，从山沟沟里来到了县城。如果你想走出县城，去更大的城市生活和工作，就必须好好读书。"

年幼的我，对理想、目标还似懂非懂，但有一点是很清楚的。那就是，读书，是我自己的事。读书，不是为父母读，而是为自己读。

### 4

父母在同一家国有企业上班，那时实行单休，且因为电力紧张，企业还经常加班或者调休。也就是说，很多个晚上和周日，我是一个人在家的。

父母对我一直很放心。他们去上班了，留我一人在家。无论我在家里干什么，他们都"不闻不问"。如果我想偷懒，不做作业，看看电视，找小伙伴玩，父母都是不知道的。

或许，也就是从那时起，我就开始学习"自律"。

我发现，如果我不"自律"，周日白天光顾着看电视，那么，周日晚上就会手忙脚乱地补做作业。而且，因为作业没做完，看电视时其实也不能完全放松，总觉得有什么事压在心里。

于是，我渐渐学会了"先苦后甜"，先将该做的作业做完，有了闲暇时间后，再放松地看会电视，看会小说，这样就会学习、休息两不误，将一天安排得有条不紊、井然有序。

有时候，遇到自己喜欢的琼瑶电视剧、香港 TVB 电视剧等，我心里也是很纠结的。

比如，高三那年，电视台热播《还珠格格》。我爱极了小燕子和永琪，真想追完全剧。好几个晚上，父母都不在家，电视机就在客厅里。只要我想偷看，机会就在眼前。

但，我告诉自己，时间宝贵，在高考最后冲刺阶段，一分一秒都不能浪费。于是，我在书桌上贴了一个字条，上面写着"此时不搏，更待何时？"每当自己有想看电视的念头时，就看看这张字条，将心"收"回来、"静"下来。

高考结束后，电视台重播《还珠格格》时，我痛痛快快地从第一集追到了最后一集，好好过了一把瘾。

## 5

"自律"的习惯一旦养成，无论身处何种环境，都不会有大的改变。

1999年，十九岁的我第一次离开父母，到千里之外的厦门大学读书。可以说，天高皇帝远，父母根本管不着我了。

但不知为什么，我的心里，始终有一个无形的"紧箍咒"。

这个"紧箍咒"反复提醒我："时间宝贵，大学四年，你一定要好好学知识，学本领，成为一个有用的人，千万不要大学毕业时找不到工作。"

大学四年，我甚至比初中、高中都更刻苦。因为，初中、高中的学习，很大程度上是为了考试而学。大学的学习是真正为了自己的兴趣而学。而且，大学阶段，我已经明白自己想要学什么，想成为怎样的人，学习的目的性、针对性都更强了。

2013年秋天，大学毕业十周年，老同学们重返大学，畅聊往事。其中，有一个睡在我上铺的舍友，一看到我就说："老吕，当年你简直就像一个铁人。每天早上我醒来时，你已经坐在床上看书了。每天晚上我睡觉时，你还在床上听英语磁带。我那时很纳闷儿，你好像不需要睡觉似的，哈哈。"

## 6

是的，"自律"的习惯，让我在大学四年里收获颇丰。

直到今天，我依然觉得，大学四年是我阅读量、知识量、思考力突飞猛进的四年。

那四年中看过的七百五十多本书，是一个取之不尽、用之不竭的精神家园，一直陪伴着我，滋养着我。许多个月明星稀的夜晚，当我抱着厚厚一摞书，从图书馆慢慢走回宿舍时，我并不觉得孤单，反而有种无与伦比的充实和快乐。

孩子，当你学会了"自律"，你才真正拥有了属于自己的充实和快乐。

2017.3.2

# 当你有才了，你就有趣了

## 1

亲爱的欢、乐：

曾经，我给你们写过一封信，题为《你有趣了，生活才有味道》。那么，怎样才能成为一个"有趣"的人呢？

答案当然有很多种，我的答案是，首先要"有才"。

这个"有才"，并不是你有多大的才华，而是你对"才华"有种向往，并愿意努力变得"有才"。

## 2

和你们一起看《最强大脑》节目，印象最深的就是素有"鬼才之眼"美誉的王昱珩。王昱珩的才华，让人不得不佩服。原来，一个人的"有才"，可以达到这样的境界。

他有一项"特异功能"——微视能力。比如，微观辨水，微观辨火。

一杯水，看一眼后放回去，不借助任何工具，十五分钟内，在五百杯一模一样的水中就能准确找出。

一根蜡烛火苗，看一眼后放回去，不借助任何工具，一百八十秒内就能在二百根蜡烛中准确找出。真的只是观察火苗而已，因为烛身都用红色罩子罩起来了。

如果说这是王昱珩的"特异功能"，和我们普通人的距离实在太遥远了，学不来，也无法学，那么，他的其他才华呢？

出生于1980年的他，是名副其实的学霸。他的绘画与设计功底极其深厚，以比第二名高出四十分的专业成绩考入清华大学美术学院。他的作品逼真到让人感觉不是画出来的，而是妥妥的3D效果。

如果说这是他的专业，厉害是常理之中，那么，他的那些超牛的业余爱好呢？

他懂书法，随便写个扇面，就被人收藏；他会写古琴谱，古琴弹奏更是信手拈来；他会篮球，曾获得清华校园篮球赛MVP……

不止这些。他说，日常生活中，他70%的时间给了他爱的花鸟鱼虫。他的家，就像一座森林海洋公园，从热带雨林到高寒植物，从高空飞鸟到海底珊瑚，应有尽有。

他在家里打造了一面雨林墙，墙根有水池，林间有鸟有巢。家里常有各类动物出没，小猫小狗不用说了，还有品种繁多的热带鱼、亚达龟、亚马孙鹦鹉……据说，亚马孙鹦鹉还跟他一起上《最强大脑》辨水，寿命可达六十年，连喝水都用主人的水杯。

这样一个有趣的生机盎然的家，很难想象会真实存在。但，这就是王昱珩的家。

### 3

一个"有才"的人，在日常生活的点点滴滴，会比别人更容易发现生活之美、生活之乐。

电视剧《来不及说我爱你》中，江南大家闺秀尹静婉，就是这样一个"懂生活"的女子。

尹静婉自幼接受良好的教育，温柔婉约，秀外慧中。

她会骑马，策马奔腾时的她，巾帼不让须眉，她说这是她在留学俄国时的马术课上学的。她会打网球，能和网球高手娴熟过招。她懂戏曲，看京剧《武家坡》，谈到王宝钏和薛平贵的爱情时，她的评论不落俗套，颇有见地。她懂花草，男主问她喜欢什么花，她沉吟片刻道："我最喜欢兰花。因为兰是花中君子，柔美而不谄媚。"面对各种名贵的兰花，她都能如数家珍。她懂茶道。有一次，在乌池水榭边，她亲手为男主煮茶。她递给男主第一盏茶时，说："第一泡只可闻香。"男主接过，闻了一闻，说："果然很香。"她娓娓道来："铁观音春水秋香，春茶汤好，秋茶香高。闻这个味道，应该是上好的秋茶。"

这样一个见多识广、才华横溢的女子，怎能不让人怦然心动呢？

### 4

十多年前，看过一部美国科幻电影《纳尼亚传奇》。

故事讲述了彼得、苏珊、爱德蒙、露西四个孩子，在捉迷藏时无意中打开了一个衣柜，进入了一个名叫"纳尼亚"的奇幻世界，从而有了一连串惊险的经历。

我觉得，每一门学问，每一个技能，其实就像通往"纳尼亚世界"的一扇门。如果我们不曾打开这扇门，我们就不会知道，还有这样一个世界存在。

这也正是"知道的越多，你知道自己不知道的也就越多"的原因所在。

很多人说学习技能要趁早，最好是练童子功。其实，我倒是觉得，学习技能，从任何时候开始都不晚。当你觉得为时已晚时，从余生回看，其实是最早的时候。因此，想学什么，就大胆去学吧，不要犹豫。

我读大学时，学校里有很多学乐器的社团。同宿舍有一个小Z，喜欢古筝，但小时候忙于学业，从未学过。大一时，她参加古筝社团，买了古筝、乐谱等全套行头，从零基础学起。

每天，她都会在宿舍门口的走廊上，戴上指套勤奋练习。大四毕业时，小Z已能演奏《战台风》《渔舟唱晚》等古筝名曲。在我这个外行人听来，已经相当不错了。

其实，除了特别有音乐天赋、今后要往专业发展的孩子，对大多数人来说，成年后再学乐器也为时不晚。当你心情好或不好时，在家里弹上一曲，自娱自乐，一定会让生活变得更"有趣"。

## 5

这方面，你们的外公，是我们的榜样。

外公退休后上了老年大学，学电脑、二胡、电子琴等课程。如今，二胡拉得很不错，每天都去附近公园的戏迷角，为戏迷们拉二胡伴奏。他们还自发组建了越剧团，定期下乡公益演出。

外公还爱养花、种菜、钓鱼、养鸟……还常在微信朋友圈里分享他的快乐。他说:"走出家门,多找乐处,生活会更美好。"

去厦门鼓浪屿旅游时,看到了这样一句名言:"时间,是用来浪费的。"

我想说:"时间,是用来和有趣的人一起浪费的。"

一辈子很短暂,所以要和有趣的人在一起。一辈子很漫长,所以更要和有趣的人在一起。

要想和有趣的人在一起,首先,我们自己要成为有趣的人。

怎样成为有趣的人?我的建议是:对未知领域始终保持一点好奇。

孩子,请保持你们的好奇心,珍惜你们的闲暇时间,多学一点技能,让自己变得更"有才",生活更"有趣"。

2017.3.17

# 找到知识的正确打开方式

## 1

亲爱的欢、乐：

昨天，我写了《日本右翼，你们真该感谢村上春树》一文，让你们看。你们看了题目，说看不懂。

于是，我先把文章放在一边，和你们聊起了背景。日本曾在 1931 年至 1945 年侵略中国，在中国犯下了滔天罪行。战争结束后，日本不但不忏悔、不道歉，还删改教科书中有关侵华战争的历史，把供奉甲级战犯的靖国神社搞成年年必去的参拜之地……

"如今，日本作家村上春树写书承认南京大屠杀，并承认被屠杀的中国人约有四十万，你们说，日本右翼会有怎样的反应？"

姐姐说："估计想杀了村上春树吧？"

"杀是不敢的，但一定视村上春树为眼中钉……随着村上春树作品在全世界的传播，日本终将面对历史，正视历史。"

你们若有所悟，愉快地读完了这篇文章。

## 2

什么是知识？通俗地讲，知识就是人类对未知世界探索后形成的一套经验。我们学习知识的过程，就是站在巨人的肩膀上看世界的过程。

前几天，和一位毕业于美国麻省理工大学的Z博士聊天。他说："中国中小学生的教科书应该加厚，课外作业应该减少。"

我问为何。他解释道，国外中小学生的教科书，像砖头一样厚。为什么这么厚？因为，教科书要把每一个知识点的来龙去脉都解释清楚。比如，讲数学公式时，教科书会告诉你这个公式是如何推导出来的，讲化学方程式时，教科书会告诉你实验室的证据，讲某一历史事件时，教科书会告诉你当时的背景资料……

"把知识的来龙去脉搞清楚了，知识就不再是一堆死记硬背的数据和公式。学习知识的过程，自然就会变得很有趣。"Z博士说。

我深有同感。如果我们死记硬背，不求甚解，只知其一，不知其二，不仅无法举一反三，而且会越学越累。长此以往，知识的漏洞越来越多，学习越来越累。

相反，如果我们充分理解了整个知识体系，就会有爬到山顶后"一览众山小"的豁然开朗。在知识的王国里，我们指点江山，胸中自有丘壑。

## 3

同样的教科书，不同的老师教，情况也会不同。

我读高中时，有一位辅导奥数竞赛的老师，特别受学生欢迎。听他的课，是一种享受。再难的知识点，被他一点拨，一解释，学生就豁然开朗、茅塞顿开了。久而久之，他成了学校的一个神话。在学生眼里，他仿佛拥有一种点石成金的魔力，能让学生瞬间"入门""悟道"。

这就是老师水平高的体现。水平高的老师，善于将知识点讲解得深入浅出，融会贯通，化复杂为简单，化枯燥为有趣。而水平一般的老师，或许只会照本宣科，学生大多一知半解，只好死记硬背。结果，可能越听越糊涂。

如果老师能在课堂上将每一个知识点讲深讲透，如果学生能专心听讲，这样的课堂效率一定很高。如果课堂效率提高了，课后自然可以少做几张试卷了。在我看来，这是减轻学生作业负担、将学生从"题海战"中解放出来的最有效途径，没有之一。

《百家讲坛》为何会如此受观众欢迎？因为，《百家讲坛》的演讲嘉宾们，可以把文学、历史、哲学讲解得生动有趣，这就是水平的体现。

## 4

朋友H，从本科到博士，学的都是生物专业，目前在中科院上海研究所工作。

他的业余爱好是写文章。在他笔下，生物学知识变得非常有趣，让人一看就懂。他曾用白蚁打比方，写了一篇关于粉丝经济的文章。他这样写道：单个白蚁实际上是一种非常弱小而"愚蠢"的生物，它无法对周围环境做出"理性"的判断，但是数以百万计的白蚁在一起，可以建造高达数十公分的蚁丘。

功能完善的蚁丘可不是简单的泥土堆积，它有精心建造的房间、隧道和复杂的空气流通渠道，工程难度不亚于人类的摩天大楼。这就是 1+1 > 2 的群体效应。科学家用了三十年，才给出一个比较完美的解答。

其实，只要有心，就不难发现，生活中，处处都有生物、物理、化学等知识。

比如，有一天，出版社给我寄了好几箱书，我让你们帮我一起搬。你们说太重了，我就教你们一个方法——将箱子紧紧贴在胸前，双手就会感觉轻松许多。你们试了试，果然轻了很多，问我为什么。我趁机告诉你们，这就是物理学中的摩擦力原理。

## 5

孩子，你们在知识的殿堂中跋涉，学习越来越多的学科，接触越来越多的知识。当你觉得某门学科枯燥难懂时，请不要抱怨知识本身，而是问问自己，你找到这门课的正确打开方式了吗？

请记得，理解，永远比死记硬背重要。

当你理解了，书会越读越薄。当你死记硬背时，书会越读越厚。而且，背着背着，你会厌烦，会绝望，会放弃。

所以，请怀着一种对未知世界的好奇，亲近知识，理解知识。

知其然，更要知其所以然。

2017.3.25

# 你的书，越读越薄了吗

## 1

亲爱的欢、乐：

晚饭后，陪你们散步，趁机聊天。

姐姐说，最近在读《历史其实很有趣儿（中国卷）》，感觉朝代和朝代之间容易混淆，读了后面就忘了前面，有点乱。

我说："我教你们一首关于历史朝代的顺口溜吧。"

这首顺口溜是我读小学五年级时，历史老师教我们的。因为朗朗上口，所以虽然这么多年过去了，但依然记忆犹新。

顺口溜是这样的：夏商与西周，东周分两段；春秋和战国，一统秦两汉；三分魏蜀吴，二晋前后延；南北朝并立，隋唐五代传；宋元明清后，皇朝至此完。

你俩兴致勃勃地跟着我读了几遍，也背得八九不离十了。

姐姐若有所思，说，下次读历史类书籍时，脑子里就有脉络了。

有脉络，很重要。如果读书时有脉络，书会越读越薄；反之，则越读越厚，越读越乱。

2

从 2017 年开始，浙江省高考的模式是 "3+3"。

第一个 "3" 是指三门必考，即语文、数学、英语；第二个 "3" 是指三门选考，即从物理、化学、生物、历史、地理、政治等六门课中任选三门。

这种"课程超市"的模式，打破了原先的文、理分科模式，不再有严格意义上的文科生和理科生了。

比如，一个物理、化学学得好的孩子，历史也可以学得很好，聊起历史，上下五千年，纵横九万里；一个喜欢政治、地理的孩子，也可以喜欢生物，用生物学视角研究地缘政治，说不定有意想不到的研究成果……

孩子，这是一个知识更替、迭代越来越快的时代，社会需要的不再是单一的文科生或理科生，而是具有融会贯通能力的复合型、跨界型人才了。

3

面对海量的知识和有限的时间，高效学习显得越来越重要。

那么，如何高效学习呢？

我想，首先要学会把一本书读薄。

我高中时上的是文科班，高考要考语文、数学、英语、历史、政治五门。需要大量时间去背的，是历史和政治。

或许很多人觉得，文科生只要记性好，"背功" 好，就能考高分。其实，单纯靠 "背" 收效甚微，关键还要靠理解和归纳。

我学历史和政治时，第一步是搞懂每个知识点的来龙去脉。如有不理解的地方，就去请教老师，或者查看课外书。

复习时，可以一边看书，一边在本子上记录知识点，理解知识点和知识点之间的关系。只有真正理解了，才能记得住，记得久。

复习完整本书后，如果看着目录就能回忆出整本书的知识点，那才算真正复习透了。这时，才算把一本书读薄了。

打个比方，如果知识像一堆药，一个善于学习的人，就像一个思路清晰的药房管理员，能将药分类储存在不同抽屉里。无论考哪个知识点，都能找到这个知识点所在的抽屉，从容应对。

如果不求甚解，死记硬背，就相当于把药杂乱无章地堆在一起。短时间里或许可以凭记忆找到，但时间一长，就再也分不清楚，成了一团乱麻。

成为一团乱麻后的书，非但无法变薄，还会越来越厚，让人对海量知识产生恐惧。久而久之，就会厌学。

## 4

其实，即使是看起来需要死记硬背的知识，也有记忆的窍门。

前几天，我和你们比赛背十二星座，看谁背得快、背得熟。你们是打乱了背的，每次背都会丢三落四，背不齐全，但我只看了两遍，就能熟练地全部背完。

我是这样背的：先把十二个星座按春夏秋冬分成四组，每组三个，然后，利用巧妙的联想，记住每组的三个星座。

比如，第一组是春天。我想象春天的草原上，牛羊成群，成双成对，于是，记住了白羊座、金牛座、双子座。

第二组是夏天，刚好妹妹是巨蟹座，我是狮子座，我后面是处女座，于是，就记住了这三个星座。

第三组是秋天，刚好有两个"天"——天秤座、天蝎座，然后来个射手，把他们打败了。

第四组是冬天，冬天有圣诞节，圣诞节有魔术表演，有平安夜，有大鱼大肉，于是，记住了摩羯座、水瓶座、双鱼座。

用这个方法记十二星座，哪怕时间过去很久，也不容易忘记。

## 5

你们在看课外书时，我常问你们的，不是看了多少，而是看懂了吗？

第一步是看得懂，第二步才是看得快。只有看懂了，才能将书中的营养消化、吸收。否则，欲速则不达。

去年，我读黄亚洲写的长篇报告文学《红船》，全书六十万字，很厚的一本书。

黄亚洲从1919年"五四"运动写起，到1928年井冈山会师结束。我一边读，一边百度相关人物和相关知识点。读完全书后，对这段建党、建军史有了更多了解和思考。

对我来说，这厚厚的六十万字，不是一种负担，而是一种享受，我受益匪浅。

孩子，阅读是循序渐进的。请你们在阅读每本书时，有意识地训练将一本书读薄的能力，你会发现，你的学习将越来越高效。

　　请记住，只有将一本书读薄，这本书的知识才真正属于你。

2017.3.30

# 无用，乃大用

## 1

亲爱的欢、乐：

某晚,9点多了，姐姐还在书房抄写《成语大全》。听她说，最近要参加学校的成语大赛，得好好准备准备。

夜深了，我提醒姐姐可以睡了。姐姐伸着懒腰，打着哈欠，说:"妈妈，看了这么多成语，万一比赛时不考这些，不就白看了吗？"

我说:"不是的。无论比赛时考不考，你都学到了这些成语，这就是收获啊。"

姐姐点点头，若有所思道:"那倒是，下次写作文时，我就能把新学的成语用上啦。"

妹妹在一旁扮鬼脸，调皮地说:"姐姐真臭美。"

## 2

因为姐姐在看成语，我不由得想起了自己高中时读《汉语成语词典》的经历。

那本《汉语成语词典》，是 1993 年 7 月买的，至今仍带在身边。翻开这本词典，上面有我用红笔做的密密麻麻的标记。那时，我一边读，一边用红笔写写画画。大概用了一个学期，利用课余时间，看完了整本《汉语成语词典》。

你们或许会问我，语文考试时只会考那些重点的成语，《汉语成语词典》中的绝大多数成语都不会考，这样通读是不是太浪费时间了？

孩子，其实，不是的。

我读成语词典的初衷，不完全是为了应付考试，而是觉得，每一个成语，几乎都是一个典故，仿佛文字海洋中的一颗颗珍珠。我想要了解这些成语背后的故事。因此，读成语词典的过程，对我而言，不是负担，而是一种享受。

通读之后，就像武侠小说中高手们练武功，内力似乎大增。之后，无论是考试，还是作文，感觉得心应手，脑袋里的成语像雨后春笋般不断涌现，真是如有神助。

我不是为了考试去看成语词典，但看了成语词典，一定是对考试有利的。

去年，我曾给你们写过一封信，题目是《笨功夫，并不笨》。在那封信中，我告诉你们，要肯花时间下苦功夫，下那些在常人眼中有些笨笨的苦功夫，当时或许会觉得傻，但事后回头去看，会庆幸自己坚持下来了。

### 3

把字典用到绝妙境界的，我想，当推沈从文。

"我行过许多地方的桥，看过许多次数的云，喝过许多种类的酒，却只爱过一个正当最好年龄的人。"1931年6月，二十九岁的湘西小子沈从文鼓起勇气，给小他八岁的苏州九如巷大家闺秀张兆和写了第一封情书。

你能想象吗？能写出让人如此心醉的文字的沈从文，他的文学启蒙老师，竟只是一本小字典。

1932年，三十岁的沈从文写完了《从文自传》。在这本被老舍评价为"1934年我最爱读的书"中，沈从文提到，从小在湘西长大的他，靠一本字典走进了文学的殿堂。

当沈从文认真、执着地"啃"着枯燥无比的字典时，他周围的人，一定会觉得他傻。没想到，在别人眼中"无用"的字典，却让沈从文此生和文字结缘。

## 4

什么是"有用"？什么是"无用"？

如果用考试、竞赛等有形的尺子来衡量，那么，和考试、竞赛无关的知识，似乎就是"无用"的了。

但，如果用"一生的成长"这一无形的尺子来衡量，那么，世间所有学问，都是有用的。有时候，反倒是那些应付考试、竞赛的所谓"有用"的书，有点像一个个"敲门砖"，敲开门后，倒觉得"无用"了。

我清晰地记得，高考结束后，整理堆积如山的书。从小学到高中的课本、教辅书、参考书等，大多要么送人，要么给了收废纸的阿姨。

但，那些陪伴我走过童年、少年的课外书，我却一本都不舍得扔，几乎全都保存着。

因为，它们是我最初的精神家园，且能陪伴我一生。

"无用"，乃"大用"。多看"无用之书"，其实说的也正是这个道理。

5

人生，是短跑，还是长跑？

如果将终点设定在死亡，那么，人生就像一场马拉松。如果将终点设定在高考，那么，人生就像一场一百米短跑。

同样一本书，有用，还是无用？"长跑者"和"短跑者"给出的答案，一定是不一样的。

孩子，妈妈希望，你们选择"长跑"，内心坚强、心态平和地跑在属于你们的人生跑道上。放下分别心，去学一切你们感兴趣的知识和技能。

请相信，世间的一切"无用"，对一生来说，都有"大用"。

2017.4.15

# 比赛的最大好处，是 get 技能

## 1

亲爱的欢、乐：

某晚，我在书房写作，姐姐跑来找我帮忙。

"妈妈，我要参加全校'校长奖'的评选，老师让我们演讲时用 PPT。我不会做 PPT，怎么办呀？"

因为工作的关系，我经常做 PPT。于是，我停下写作，帮姐姐一起做 PPT。

## 2

做 PPT 的过程，其实就是整理思路的过程。

我一边和姐姐聊思路，一边编排文档、挑选图片。做了几张 PPT 后，姐姐自告奋勇，说："妈妈，我已经会了，让我自己试试吧。"

后半部分的 PPT，基本是姐姐自己搞定的。

完成 PPT 后，姐姐如释重负地说："妈妈，我觉得，哪怕最后评不上'校长奖'，我也很开心，因为我学会了做 PPT。"

姐姐这句话，让我眼前一亮，有了写这封信的灵感。

## 3

就在几天前，朋友 X 问我："儿子读小学，不想参加学校的各类比赛，怎么办？"

我和朋友说："可以告诉孩子，比赛重在参与，结果并不重要，重要的是可以锻炼胆量哦。"

朋友说："我也这样和儿子说了，但儿子说，他胆量已经够大了，不需要通过比赛去锻炼了。唉，一句话就把我噎住了。"

我这几天一直在琢磨，应该如何鼓励朋友的孩子参加比赛。

姐姐这句"我学会了做 ppt"，给了我许多启发。

我忽然想到，比赛的好处，不只是锻炼胆量而已，更在于通过比赛，学习一些新技能。用时髦的话说，就是 get 技能。

## 4

无论大人还是孩子，难免有惰性。很多时候，不逼一逼自己，就会得过且过。

从小到大，我的许多技能，其实是通过比赛获得的。

比如，办报的技能。

小学五年级时，全县举办了一次中小学生办报比赛。报纸名称是《星火小报》，取"星星之火，可以燎原"之意，报纸大小统一规定为 A3 纸。

在学校层面的选拔中，我和另外九位同学入围了，代表学校参加县里的比赛。

我们十个人分成五组，每组办一张报纸。每组两个人各有分工，一人负责文字，一人负责画画。美术老师给五张报纸确定了五种风格，我和搭档的风格是生动活泼型。

比赛前的一个月，每天下午3点，我们都会到学校会议室集中，在规定时间内办好一张报纸。老师对五张报纸进行点评，看哪张报纸排版最美观、字体最漂亮、插图最得体。

通过那段时间的训练，我熟练掌握了办报的小窍门。比如，报题要足够醒目，报纸上下左右都要留白，中缝可以写一些幽默故事，新闻稿件有主题、引题、副题之分，重要新闻要放在头版的头条或倒头条……

关于那次比赛的结果——有没有获奖？获了几等奖？早已模糊在我记忆深处；但那些通过比赛学到的技能，我一直没有忘记。

大学里，当我在《厦门大学报》当实习编辑时，那些小学里学到的办报技能，依然用得上。

## 5

又比如，说话的技能。

写是一回事，说又是另一回事。从小学到初中，我一直喜欢写，却不擅长说。人多的场合，更是寡言讷语，不知如何表达。

初三那年，学校搬迁到新校区。开学后，校领导决定在新校区举办一场比较隆重的开学典礼，让毕业班学生代表到台上发言。

班主任为了锻炼我说话的能力，推荐我上台发言。对我来说，上台发言，不啻一场演讲比赛。我想打退堂鼓，心事重重地对班主任说："老师，我不会讲，让其他同学去吧。"

班主任鼓励我说："没事的，你先写好，到台上照着稿子念一遍也行啊。"

为了准备发言稿，我只好临时抱佛脚，借来一些关于演讲和发言技巧的书看，硬着头皮写了一篇简单的发言稿。

具体写了什么，我早已忘记了。但，自从那次上台发言后，我开始在各种场合留心别人的发言。别人怎么开场、怎么收尾、怎么论述观点的，都值得学习、模仿、借鉴。

一年后，在初中毕业典礼上，我再次作为毕业生代表上台发言时，就讲得有条理多了。从开场白到回忆师恩到最后的表态，娓娓道来，一气呵成。

因此，发言和演讲，不只是胆量的问题，更是一项技能，是有套路的。

## 6

孩子，在你们的成长过程中，一定会遇到各种比赛的机会。

无论比赛大小，重在参与，是我希望你们拥有的积极态度。

比赛结果可能会随着时间烟消云散，但你们在比赛过程中学到的技能，却是一生的财富。

不积跬步，无以至千里；不积小流，无以成江海。那些从比赛中 get 到的技能，就像"跬步"和"小流"，会帮助你到达你想去的地方。

2017.4.25

# 防止上瘾的最好办法，是不碰

## 1

亲爱的欢、乐：

昨晚睡前，我让姐姐听《罗辑思维》音频节目《游戏是个怎样的世界》。

姐姐说："我们班有男同学，每晚都要玩一小时游戏。"

我说："玩游戏要上瘾的。"

姐姐说："他已经上瘾了，第二天还要在教室里聊游戏，好像是《王者荣耀》。"

《王者荣耀》这款游戏，不知多少人已深陷其中，不可自拔。无论孩子，还是成人，一旦接触，都极易上瘾。

游戏为何容易让人上瘾？罗振宇在《游戏是个怎样的世界》中给出了答案。

他说，电子游戏就像毒品。毒品有多容易让人上瘾，电子游戏也如此。电子游戏的外号，就叫"电子毒品"。

## 2

我想，无论是毒品，还是电子游戏，其实都巧妙利用了人性的弱点。

人，其实很容易被某一种感觉所迷幻，从而失去理性思考能力，不可自拔。

曾有戒毒所工作人员不相信毒品的魔力，亲自尝试，但结果深陷其中，需要强制戒毒。

或许，也有一些人不相信游戏的魔力，相信自己有足够的自制力，稍微玩一玩没事的。但结果呢？估计玩过《王者荣耀》的人，十之八九都会欲罢不能。

既然人性存在这样的弱点，既然游戏在刻意利用这个弱点，那么，让自己不被游戏牵着鼻子走的最好办法，就是不碰。

## 3

罗振宇说，他曾经很爱玩《三国志》《红色警戒》《帝国时代》等即时战略性游戏。最疯狂的时候，可以连续玩二十多个小时，不分昼夜，不眠不休。

"电子游戏给我带来的痛苦，远远大于快乐。玩的时候当然很嗨，把鼠标点得如山响；一旦 game over 或者断电之后，巨大的空虚感就会袭来，那一刻心中是极其懊悔的。因为我心里清楚，过去的几个小时，我完全可以用来学习、看书、会友，甚至休息，那些都是对人生有好处的事情。我为什么要把时间浪费在游戏上呢？那一刻，我对自己的人生评价非常低。"我相信，这是罗振宇的肺腑之言。

4

其实，不光是游戏，对一切容易让人上瘾的娱乐活动，都应保持足够警惕。

比如，追剧。

我小时候很喜欢看港台电视连续剧，但学业繁重，只能在周末过过眼瘾。当时，我心里恨恨地想，等将来考上大学了，就可以痛痛快快地追剧了。但是，真的上了大学后，却依然没有时间追剧，因为喜欢看和值得看的书实在太多了。

曾经觉得工作后总可以随心所欲地追剧了，但不知为何，工作十多年来，我依然觉得追剧有种莫名其妙的负罪感。

追剧的时候，觉得很好看，很享受。但看完后，却觉得心里空荡荡的，除了电视剧里那些爱恨情仇，似乎什么都没留下。而这些时间，本可以用来看不少好书。

于是，我不想挑战自己的自制力，面对一部热播剧，我决定选择不看。因为，一旦看了第一集，就会忍不住追完全部。而追剧的时间成本，确实有点高。

与其上瘾后再戒瘾，不如一开始就选择不碰、不看。

5

在可以追剧的年龄不想追剧，在可以玩游戏的年龄不玩游戏，我想，最根本的原因是——时间宝贵。

同样的时间，你做了这件事，就做不了那件事。选择做哪件事，取决于你想要怎样的人生，想成为怎样的自己。

学习是终身的。不仅是从小学到高中要学，不仅是大学里要学，而且，工作后依然要学。

"活到老，学到老"，不再是一句口号和标语，而是一个人真实的生活状态。

"吾生也有涯，而知也无涯。"孩子，妈妈希望，你们在人生的每个阶段，都能保持一种爱知求真的状态，用有限的时间去学习无限的知识。

知识当然是学不完的，但只要努力去学了，就不会给自己留下遗憾。

2017.5.2

# 十七个孩子给我的三点感受

## 1

亲爱的欢、乐:

今天中午,我参加了你们学校的"博雅少年校长奖"评选活动。

听完十七个孩子的演讲,毫不夸张地说,我有点被震住了。

你们的演讲,给了我三点感受。

## 2

感受一:一代胜过一代,孩子们确实越来越优秀。

十七个孩子,无疑是优秀的。

他们中,有小小年纪就码了三万多字且在全国很多刊物发表文章的小作家,有通过故宫博物院书画等级考试的小画家,有从幼儿园开始学国际象棋并已多次参赛获奖的象棋高手,有能歌善舞、气质不凡的小歌唱家、小舞蹈家……

看着这些多才多艺的孩子,我由衷地欣赏和佩服。

曾经,鲁迅笔下的九斤老太,感叹"一代不如一代";如今,我们欣慰地看到，时代的车轮滚滚向前，孩子们"一代胜过一代"。

比如阅读。自认为从小爱读书的我，和如今的孩子们相比，也自叹弗如。

如今一个爱读书的小学毕业生的阅读量，或许相当于我们那个年代的初中毕业生甚至高中毕业生了。

刚才提到的小小年纪码了三万多字的小朋友，才上小学三年级，就看了古今中外许多名著。

乐乐，你最近在读《儒林外史》，我也有点意外。印象中，我是高中才读这本书的。

## 3

感受二：任何一项特长，需要天赋，更需要努力。

十七个孩子都有特长爱好，琴棋书画信手拈来，十八般武艺样样精通。

平心而论，如今的孩子们比我们小时候"压力"更大。他们不仅要在学校里学好功课，更要在学习之余上各种兴趣班，学习各种特长。

和应试教育相比，素质教育其实对孩子提出了更高的要求。

当看到孩子们多才多艺时，我们首先想到的，或许是孩子的天赋。但其实，再有天赋的孩子，都离不开坚持不懈的努力。

当我们成年人在沙发上"葛优躺"时，我们是否想到，此刻，孩子们正在画室、舞蹈房、乒乓球馆、跆拳道馆等地方挥汗如雨，刻苦练习……

冰冻三尺，非一日之寒。

宝剑锋从磨砺出，梅花香自苦寒来。

作为成年人，我们怎么不懂这些道理？但我们像孩子那样努力并坚持了吗？向孩子们致敬。

这个社会不一定唯有学历、学识才代表成功。如果你有阳光、努力、积极进取的状态，本身就已经成功了。懒散、自欺、怨怼，是最大的可悲。

4

感受三：英雄固然精彩，为英雄鼓掌的人一样精彩。

除了十七个参与评选的孩子，坐在台下听讲的孩子一样吸引了我的目光。

从头到尾，孩子们都专注、投入地听着。每到精彩处，就报以热烈的掌声。

特别是一个坐在最后排的小男孩，自始至终都挺直后背，双手端放在课桌上，竖起小耳朵，听得十分认真。

英雄打了胜仗凯旋。人们在城门口排成两列，热情欢迎英雄。迎接英雄的，是一路的鲜花和掌声。

凯旋的英雄固然受人尊敬，那站在路旁真诚鼓掌和献花的人们，也一样让人尊敬。因为，他们懂得欣赏别人。

如果人人都想当英雄，都想接受别人的掌声，那么，谁来鼓掌呢？

或许，人生路上，我们大多数人，都是站在路边为英雄鼓掌的人。没有关系，真诚地为英雄鼓掌吧！

欣赏别人，其实就是帮助我们不断成为更好的自己。

5

最后，引用罗振宇在《迷茫时代的明白人》中的一段话：
"保持旺盛的好奇心，做最具体、最实在的事情，而且勤奋地去做，这就是我认为的最有尊严的生活。"

脚踏实地，每天进步一点点，一定可以遇见更好的自己。

和孩子共勉，和父母共勉。

2017.5.16

# 孩子的成绩单，是用来晒的吗

## 1

亲爱的欢、乐：

期末考试结束后，我们几个妈妈，带着你们一群孩子外出旅游。

旅途中，我们没有当着你们的面，讨论谁考得好，谁考得不好。

因为，我们觉得，你们的成绩单，其实也是你们的隐私，我们应该尊重你们的隐私。

## 2

关于"成绩是隐私"的想法，其实，由来已久。

记得自己小时候，每次考完试，尤其是期中考、期末考，大人们总会习惯性地问一句："考了多少分？"

特别是过年走亲访友时，大人们的聊天话题里，总免不了聊孩子的考试成绩。当着孩子们的面，讨论谁家孩子学习好，谁家孩子学习不好。

孩子考得好的父母，自然中气十足，当然也不忘谦虚客套几句。孩子考得不好的父母，总是数落自家孩子："你看你看，别人考得那么好，要向人家好好学习学习！"

当我是孩子时，我就有一个念头：成绩是孩子的隐私，为何大人总是喜欢问这个隐私？

### 3

有一次，父母带我去朋友家做客。朋友的女儿刚好和我同校同届。

大人们在客厅聊天，我和朋友女儿在一旁看电视。

大人们自然聊到了我们的考试成绩。比较了各科成绩和总分后，朋友当着大家的面，批评自己女儿说："你总分比人家足足少了三十多分，你上课有没有在认真听？书有没有在用心读？……"

朋友女儿涨红了脸，说："别人好你就认别人当女儿好了。"然后，跑回了房间。

那一刻，大人们似乎都有些尴尬。

这样的比较，让孩子的成绩单"变味"了，且有意无意中伤害了孩子的自尊心。

### 4

因此，你们上小学后，我不想拿你们的成绩单"说事"。

每次你们告诉我考试成绩，我都会问你们三个问题：错在哪里？错误原因？搞懂了吗？

一张试卷的使命，是帮你们找到知识的漏洞，是查漏补缺。

当你们能清晰回答这三个问题后，这张试卷就完成了它的使命。

这个成绩，就成了过去式，不再代表什么了。

某次带你们参加朋友聚会，大人们又聊到了孩子的考试成绩。聚会结束，我问你们怎么看。

没想到，妹妹说了这样一番话："如果考得好，这样当面表扬孩子会让孩子变得骄傲，如果考得不好，孩子会不好意思，不想参加这种聚会了。"

### 5

长久以来，中国的父母们对和孩子有关的事，缺乏一个隐私概念。

我们只知道年龄、收入、婚姻状况是隐私，其实，孩子的成绩，也是隐私。

一群妈妈，当着孩子的面，聊孩子发育了吗、考了几分，对孩子来说，真想找个地方躲起来。

妈妈们的这种行为，其实是在侵犯孩子的隐私，伤害孩子的自尊。

一个长期被伤害自尊的孩子，心里一定不快乐。

### 6

这次期末考后，你们分析了错题原因，主动去书店买了相应的练习题，准备在暑假里巩固巩固。

我想，期末考的目的已经达到了。

孩子的成绩单，不是用来和别人讨论的，而是作为一个标尺，衡量孩子在学习之路上走到了哪里，遇到了哪些障碍。

这个时候，鼓励孩子查漏补缺，继续前行，要比当着孩子的面比较孩子的成绩，有意义得多。

看着你们每晚挑灯夜读、奋笔疾书的背影，我想，只要你们努力了，不管期末考考了几分，我都会为你们点赞。

正如我之前对你们说过的那样，孩子，比成绩更重要的，是你们一直以来的状态。

2017.6.30

# 得语文者得天下

## 1

亲爱的欢、乐：

　　昨天，和你们分享了今年浙江省高考成绩第一名——诸暨中学王雷捷的采访视频。他的各科成绩如下：语文 132 分，数学 147 分，英语 144 分，物理 100 分，化学 100 分，生物 100 分，总分 723 分。

　　采访中，他的班主任、语文老师陈老师说了这样一段话："王雷捷的好成绩，和他出众的语文水平密不可分。作为语文老师，我坚信'得语文者得天下'的理念。"

　　去年，我曾给你们写过一封信，题目是《语文课里藏着我们一生的幸福》。这和陈老师的"得语文者得天下"的理念不谋而合。

## 2

　　语文为何如此重要？因为，语文教会你们的，不仅是语文知识本身，更是一种学习能力。这种学习能力，概括起来，就是听、说、读、写四种能力。

古人云："授人以鱼，不如授人以渔。"如果你们熟练掌握了这四种学习能力，那么，无论学什么学科，都能势如破竹、事半功倍。

听、说、读、写这四种能力，各有不同，又互相关联。"听"和"说"侧重口头表达，"读"和"写"侧重书面表达。无论是口头表达，还是书面表达，都是我们需要学会的四种能力，因此，这事关我们一生的幸福。

今天，我想和你们重点聊聊"读"和"写"这两种能力。

## 3

读，是指阅读理解。

我常对你们说，识字和理解，是两回事。很多时候，文中的每一个字，你可能都认识，但合在一起成为一篇文章时，你未必能读懂文章的意思。

王雷捷的阅读理解能力特别强。陈老师说："他的阅读理解答案，经常被我用来当标准答案和学生们讲解。"

如何提高阅读理解能力？没有什么窍门，只有一个办法：多读。

正如"唐宋八大家"之一的欧阳修在《卖油翁》中借卖油翁之口说的那句话："无他，但手熟尔。"

"书读百遍，其义自见"，讲的也正是这个道理。

对文意的准确理解，是建立在大量阅读的基础之上的。很多时候，文章只可意会，不可言传。对文意的把握，别人无法代劳，只能亲力亲为。

一个拥有强大阅读理解能力的孩子，学数学、物理、化学、生物等各门学科时，一定会比阅读理解能力弱的孩子，学得快，学得好，学得透。

我读高中时，当时有种说法——理科成绩不好的学生，才去读文科。

分班考试时，我的文科成绩和理科成绩，都名列全年段第二。老师建议我读理科。但因为喜欢文科，所以我最终选择了文科。

大学期间，我当家教，辅导初中学生功课，依然能教他们物理、化学。我一直觉得，我的理科成绩好，很大程度上归功于我的阅读理解能力。

## 4

写，是指写作能力。好的写作，是指你能找到"对"的文字，恰当地表达你心中所想。

写作和阅读密不可分。如果说阅读是"输入"，写作就是"输出"。一个爱阅读的孩子，写作往往不会差。

王雷捷的作文写得很好，他的现场作文《穿梭在布里的光阴》曾获得第十一届"中国中学生作文大赛"最高奖。他的经验也是多阅读。"只有你自己储备丰富了，写出来的文章才会有深度、有力量。"

高中三年，他从来没有放弃阅读和写作。"阅读是我紧张学习生活的调剂。我会在自己的抽屉里放本书，做题累了倦了，就看一下。睡前读书习惯也从未改过，虽然只有晚自习后到熄灯的半小时，也会抓紧时间读一点。"

5

孩子，和其他学科相比，语文课的特殊之处还在于，大量知识不是通过课本学会的，而需要通过课外的延伸学习获得。

从这个角度来讲，课外书不是可看可不看的"闲书"，而是你们成长过程中必须读且应该多读的"正书"。

"学好数理化，走遍天下都不怕"曾经非常流行，但此刻，我想说，无论你们将来从事什么工作，都应学好语文，学会这四种能力。

因为，这是幸福的密码，事关你们一生的幸福。

2017.7.5

# 学历史，到底有什么用

1

亲爱的欢、乐：

今天和你们散步时，你们问我："妈妈，你高中毕业时，为何选择学历史？学历史，到底有什么用？"

"学历史，到底有什么用？"孩子，这个问题问得特别好，妈妈决定用一封信来回答你们的问题。

2

我是1999年9月考入厦门大学历史系的。

记得大学期间的暑假，常有长辈问我："在学啥专业啊？"

我说："历史。"

长辈们常常会听成"律师"，就说："律师好啊，替人打官司，很吃香。"

我连忙纠正："不是律师，是历史。"

长辈们就会一怔，然后说："哦，研究帝王将相的学问啊……"

然后，就没有然后了。

或许长辈们在心里替我不值："放着好好的经济、新闻不学，学这个冷得不能再冷的专业，毕业了能找到工作吗？"

### 3

历史系是厦门大学最早创办的学科之一。厦大的历史有多久，历史系就有多久。

厦大历史系有两个专业，一是历史学，二是考古学。我选了历史学专业，全班三十七人。

学历史，到底有什么用？说实话，大学四年，我并没有想明白。

真正想明白，是在工作很多年后。

有一天，我忽然发现，原来，历史，不只是一门学科，而是一种思维方式，一种被称为"历史＋"的方法论。

### 4

为了理解"历史＋"，先来说说"互联网＋"吧。

2014 年 11 月，李克强总理出席首届世界互联网大会时指出，互联网是大众创业、万众创新的新工具。

2015 年 3 月，全国"两会"上，全国人大代表马化腾提交了《关于以"互联网＋"为驱动　推进我国经济社会创新发展的建议》的议案。

2015 年 7 月 4 日，国务院印发《国务院关于积极推进"互联网＋"行动的指导意见》。

从此，"互联网＋"成为风靡全国的流行语，深入人心。

如今，就连路边卖早餐、菜场卖菜的大爷大妈也知道要放一个二维码，方便让不带零钱的顾客"扫一扫"了。

## 5

同样的，"历史＋"也是用历史学的思维方式指导各行各业的工作。这个"＋"，是"加"无限可能的"加"。

或许，大家会好奇，学历史的人，会从事哪些工作呢？答案在大学同学会上揭晓了。

2013 年 11 月，大学毕业十周年之际，我们重回母校，相聚在当年的历史系大教室里。全班三十七个同学，大约来了三分之二。

都说学历史的人是"万金油"，一点不假。

我们一帮同学中，有在高校、研究机构工作的，有在博物馆、图书馆工作的，有在中小学校工作的，有在政府机关工作的，有在媒体工作的，有在银行工作的，有在航空公司工作的，有在教育培训机构工作的，也有自己创业的……

不过，无论从事什么工作，大家都一致认为，当年认为没用的历史，其实一点都没白学。

## 6

那么，学历史，到底有什么用？

西汉著名史学家司马迁，历时十三年，完成中国第一部纪传体通史《史记》，被列为"二十四史"之首。后人对《史记》的评价是："究天人之际，通古今之变，成一家之言。"

唐太宗李世民和魏徵是中国历史中罕见的一对君臣。魏徵敢于犯颜直谏，多次拂太宗之意，而太宗竟能容忍魏徵"犯上"，魏徵所言多被采纳。

魏徵去世后，唐太宗极为思念，感慨地说："夫以铜为镜，可以正衣冠；以史为镜，可以知兴替；以人为镜，可以明得失。朕常保此三镜，以防己过。今魏徵组逝，遂亡一镜矣。"

北宋历史学家司马光，历时十九年，主编《资治通鉴》。他总结出许多经验教训，供统治者借鉴。宋神宗对此书的评价是："鉴于往事，有资于治道。"

无论是"通古今之变"，还是"以史为镜，可以知兴替"，还是"鉴于往事，有资于治道"，都表明了学历史的好处。

那就是，我们"今天"遇到的任何事情，都可以从"过去"得到启发和借鉴。也就是说，太阳底下，并没有新鲜事。

这样的好处，还不够大吗？

7

一个善于从"过去"得到启发和借鉴的人，无疑是智慧的。

英国文艺复兴时期的哲学家培根曾写过一篇关于读书的经典论述《论读书》，文中写道："读史使人明智，读诗使人灵秀，数学使人周密，科学使人深刻，伦理学使人庄重，逻辑修辞之学使人善辩：凡有所学，皆成性格。"其中，"读史使人明智"一句让我印象尤其深刻。

何谓"明智"？我想，可以包含以下三层意思。

首先，学习历史，可以了解古今中外曾经发生的事情，增广见识。

其次，任何事物都有前因后果。人类社会的任何现象都有它的过去，都与它的过去紧密相关。

比如，你今天的性格、知识、容貌、身材都与你过去的成长有关。当你了解了事情的过去，你就理解了它的今天。

最后，历史不会重复，但在一定程度上是相似的。如果你了解历史，今天发生的某些和历史相近的现象，你就可以对它的本质和发展趋势有所预测，从而作出决定。

比如，小平同志提出的"一国两制"，灵感或许来自历史上辽朝用过的"北南面官制"等做法。

当你从历史中获得经验、教训和灵感时，你会忽然发现，你看问题的角度会更独特，你对问题深度的分析会更透彻，你对事件的预判会更准确。

更重要的是，你不知不觉中养成了独立思考、换位思考的习惯。

这，就是历史带给我们的智慧。

## 8

最近在读美国经济学家史蒂芬·列维特的《魔鬼经济学》。

《魔鬼经济学》中确立了一个有悖于传统智慧的观点——如果说伦理道德代表了我们心目中理想的社会运行模式的话，那么经济学就是在向我们描述这个社会到底是如何运行的。

正如作者所说的，这本书将会彻底改变我们看待这个世界的方式。

有人批评史蒂芬·列维特是"经济学帝国主义"，妄图用经济学分析人的一切行为方式。

但，我却觉得，这样一个全新视角，为世人打开了一扇新的窗，很有意思。

　　我想，无论是经济学，还是历史学，以及其他许多学科，都可以让人变得更明智。

　　至少，会让我们明白，聪明人是怎么思考问题、怎么看待世界的。

　　孩子，妈妈希望，当你们听我讲了这么多后，不仅明白了"学历史，到底有什么用"，也同样明白了学其他学科到底有什么用。让我们拥抱一切能让我们变得更明智的知识，成为一个智慧的人吧。

2017.7.10

# 未来，找优秀人才不用花钱了

## 1

亲爱的欢、乐：

最近，我回母校厦门大学，和人文学院的师弟师妹们聊当下和未来。

一个历史系大三的男孩 D 说："我很纠结。在图书馆看书时，想着要去打工赚点零花钱。真的去打工时，却又担心自己脑袋里知识不够多。反正，心总是定不下来。"

一个中文系研一的女孩 W 说："本科毕业时，不想这么早工作，就考了研究生。现在读研了，却发现自己不是做学问的料，决定研究生毕业后去考公务员。问题是，既然将来要考公务员，干吗还读研究生呢？我很迷茫。"

那天，和师弟师妹们聊完天，我独自在校园里散步。

月色下的芙蓉湖，有一种让人安静的力量。空气中，弥漫着棕榈树、柠檬桉、榕树等热带植物散发出来的淡淡清香。

我的记忆，仿佛回到了十八年前。

*1999 年至 2003 年，我在这座美丽的南方校园里度过了*

大学四年时光。

## 2

自小到大，我都是一个没有经济头脑的人。因为，我的父亲也没有经济头脑。

父亲大学毕业后被分配到武汉钢铁厂。后来调回老家，在一家不景气的国有企业技术科做了几十年工程师。

这中间，曾有一些民营企业向父亲提出过邀请，那里的收入待遇无疑都更好。但父亲从来都不为所动。他觉得，大学毕业分配到国有企业，是干部身份。到民营企业工作，就会失去这个身份。他不愿意。

没想到，距离父亲退休还有几年时，这家国有企业倒闭了，父亲下岗了。

"我这辈子确实没有经济头脑，哈哈。"父亲常常这样自我解嘲。

## 3

我遗传了父亲的这个基因。

因此，当大学同学们纷纷在劳务中介所里找到好几份兼职时，我却一门心思泡在图书馆里看各种课外书。

有一次，舍友Z找到一份替某公司发问卷调查表的工作，让我跟她一起去，赚点零花钱。

我很好奇地跟她去了。一天下来，穿街走巷，扫了很多居民楼，填了一大摞调查表。

我已经忘了我们赚了多少钱，但我不会忘记的是，从此，我对这类兼职再也没有兴趣了。因为，除了能够锻炼体力外，并不会增加我们的什么能力。

后来，我写了一篇《大学生打工：不要富了口袋穷了脑袋》，刊登在《厦门大学报》上。

其实，我的想法很简单。我明白，大学毕业时，能否找到工作，取决于我能否胜任这份工作。

只有脑袋里的知识越多，才越有可能胜任我喜欢的那些工作。我喜欢的工作有报社、杂志社、出版社、电视台等。

因此，虽然我大学专业是历史，但我的阅读范围并不限于历史。

除了历史学，我还读了许多经济学、哲学、心理学、社会学、人类学等方面的书。

经济学中的路径依赖、博弈论、纳什均衡等理论，很好地训练了我的逻辑思维能力。

前几天做梦，竟梦见自己在读法国哲学家、社会思想家福柯的《疯癫与文明》。

当年，这本书是历史系学生的必读经典。我曾经下过一番功夫，认真啃完了这本诘屈聱牙的著作。

### 4

感谢厦门大学图书馆，给我们提供了那么多好书。

我记得，20世纪80年代曾风靡一时、后来被列入禁书的《河殇》，我就曾在厦大图书馆看到过。

这本书并不厚，薄薄的一本小册子，我借来后一口气看完了。

后来，我还向老师请教，这本书为何会流行？为何被禁止？它背后的意义和硬伤在哪里？

我一直觉得，开卷有益。每一本书，都会向我们打开一扇窗。虽然窗外的世界不尽正确，但它一定可以提供某一种思考问题的角度。

不断的分析和思考，一定会提升一个人的思辨能力。

不必担心读过的书会忘记，只要用心去读，它们就一定会沉淀在记忆深处，且随时都会苏醒。

前几年，因为工作的缘故，我到某国家部委联系工作。

第一次走进某国家部委某领导办公室，难免有些紧张和忐忑。不过，这样的僵局，因为一本书而化解了。

聊天中，这位领导提到了美国著名汉学家孔飞力写的《叫魂》。他说，他最近正在读这本书，觉得对中国社会的基层治理很有启发。

这本书，我恰好在 2001 年前后研读过，书中的许多观点记忆犹新。于是，就很自然地聊起了书中的某些观点，一开始的紧张和忐忑便渐渐消失了。


5

最近，在朋友圈看到一篇文章《未来，你再也雇不到优秀人才了》。

我把这篇文章分享给一位在厦门旅游行业做得风生水起的历史系师兄。

没想到，师兄看完后哈哈大笑说："同样的，优秀人才也不用花钱去雇了。因为，优秀人才都将被贴上合伙人的金贵标签，纯粹的雇佣关系将不再适用。"

是的，在个人价值可以被市场精准测算的当下和未来，我们再也无法"滥竽充数"，也不必抱怨"怀才不遇"。

只要你足够有才，一定会找到属于你的舞台。

因此，毫无疑问的，这个时代，最重要的投资，应该是"自我投资"。

向来不懂投资、没有经济头脑的我，无意之中，却做了一件符合当下投资理念的事——投资自己的脑袋。当然，这个投资是没有止境的，我做得还远远不够。

## 6

孩子，那天晚上，对本文开头师弟师妹们的纠结和迷茫，我写了三条建议，今天和你们分享。

建议一：要明白自己大学毕业后要成为怎样的人，从事怎样的工作，给自己确定一个明确的目标。

建议二：有了目标后，不要羡慕别人大学期间兼职赚钱。静下心来，尽最大努力，好好投资自己的脑袋。

建议三：时时提醒自己，成长，是一辈子的事。大学，不是义务教育的终点，而是人生下半辈子的起点。

下半辈子过得好不好，很大程度上，取决于你大学四年够不够努力。

加油，孩子们，加油，每一个年轻的和虽不年轻却仍有梦想的朋友们！

2017.9.20

# 亲子关系篇

# 这世上，没人有义务帮你，包括父母

## 1

亲爱的欢、乐：

昨晚睡前聊天，你们都哭了。但，我却从你们的眼泪中，读懂了你们的成长。

事情，是从一个书包说起的。

聊天中，妹妹说："妈妈，我今天腿有点痛。"我说："可能走路走多了？或者书包太重了？"姐姐说："哪里呀，欢欢的书包，放学回家路上，都是爷爷帮她背的。"

我问姐姐："那你的书包呢？"

姐姐说："以前也是爷爷背的。记得四年级时，放学后，爷爷来接我们，拿过我们的书包，都背在自己身上，带我们坐公交车。我听到旁边有乘客说，这两个孩子真不懂事，自己不背书包，让老人家一个人背。那一刻，我觉得特别难为情，也特别心疼爷爷。从那以后，我就自己背了。但欢欢还是不愿自己背。"姐姐说着说着，声音有些哽咽了。

我搂过姐姐，听她继续说。

"书包很重的，我看到爷爷的背，都被书包压弯了。我经常提醒欢欢，如果自己背不动，就少带一些学习用品，减轻爷爷的负担。可是欢欢总喜欢带很多笔和本子……"

这时，我听到妹妹也开始抽泣了。我没有问妹妹为何哭。或许，妹妹觉得被姐姐批评了，有些委屈；或许，妹妹知道自己做错了，有些惭愧；或许，妹妹想到了爷爷帮她背书包时佝偻的背，有些心疼。

爸爸以为你们吵架了。其实，你们是开始懂得体贴他人了。

## 2

孩子，当你会体贴、关心别人时，你才真正长大了。最近，我常常能感受到你们的体贴和关心。

比如，姐姐是班级的纪检志愿者。开学了，老师让你设计一份纪检志愿者的职责表格。某晚，姐姐和我说了这件事，末了，还说："妈妈，我知道你很忙，本来不想打扰你的，但我现在的电脑水平不够，只会打字，不会设计表格。所以，只好请你帮忙啦。"

比如，某晚，妹妹做作业时想喝水了，就在书房里叫："妈妈，我要喝水。"姐姐听到了，就对妹妹说："妈妈也在忙着，想喝水，就自己去倒吧。自己的事情自己做哦。"妹妹听了，就乖乖去厨房倒水了。

比如，某晚，我到家8点了，你们都吃过晚饭了，我一个人炒青菜年糕吃。我吃的时候，问你们饿不饿，要不要再吃一点。姐姐说："妈妈，我其实不饿。不过，看你一个人吃冷清，我也吃点吧。"

## 3

其实，这几件事情，都是小事。但小事之中，可以看出你是否尊重别人，是否感恩别人对你的帮助。

如果你觉得别人帮你，是理所当然，是义不容辞，那么，你向别人寻求帮助时，你的口气，会是命令式的。

比如，姐姐让我帮忙设计纪检志愿者的职责表格时，如果觉得这是妈妈应该帮忙的，姐姐就不会说这一番话了。

比如，妹妹让我帮忙倒水时，如果觉得这是妈妈应该帮忙的，妹妹就不会自己去倒了。

更夸张一点，或许在有的孩子看来，这不是父母在帮你们，而是，这本来就是父母的职责所在，是父母应该做的。

孩子们一旦认为，父母为孩子们做的一切，都是天经地义、理所应当，那么，要让孩子学会尊重、学会感恩，会很难。

## 4

我记得，在你们很小的时候，我就对你们说："这世上，没人有义务帮你，包括父母在内。"

如果有幸得到别人的帮助，那都是因为——他们爱你。这份爱，可以是亲人之爱、夫妻之爱、手足之爱、朋友之爱……

别人帮你，不是要图你什么回报，而只是希望助你一臂之力，解你燃眉之急，希望你过得好。但，你自己应该明白，别人没有义务帮你。对别人的每一次帮助，你们要懂得珍惜，懂得感恩。

就像年迈的爷爷，坚持每天来接你们放学，带你们坐公交车，帮你们背书包，风雨无阻……你们要明白，爷爷的这些付出，是因为他爱你们，而不是他应该这样做。你们对爷爷的最好回报，就是孝顺爷爷，体贴爷爷，每天不忘对爷爷说一声："谢谢爷爷！"

5

今天，刚好是情人节。

我想到了蔡琴的《你的眼神》。

"像一阵细雨，洒落我心底，那感觉如此神秘。我不禁抬起头看着你，而你并不露痕迹。虽然不言不语，叫人难忘记。那是你的眼神，明亮又美丽。啊，有情天地，我满心欢喜。"

孩子，有情天地，满心欢喜。关键是，你要成为一个"有情之人"。

那么，怎样才能成为"有情之人"？或许，当你懂得他人对你的付出皆是因为爱你时，你自然就会"有情"了。

2017.2.14

# 当你将"自家孩子"当作 "别人家孩子"……

## 1

亲爱的欢、乐：

某晚，姐姐说："妈妈，最近好多同学过生日，请同学们去家里玩。我最爱去同学家里玩啦，……"

我说："估计每个孩子都喜欢去同学家玩哦。"

我想起了自己小时候。我们读书那会，放学早，作业没有你们现在多。我们一群要好的女同学，常轮流去同学家里玩。今天小红家，明天小玲家，一起做作业、吃零食。直到同学家里要开饭了，我们才知道该回自己家了。

无论去谁家，大家都会觉得，别人家就是比自己家好。

为什么呢？

最简单的一个区别是，回到自己家，父母可能会盯牢我们做作业；但到别人家，别人的父母不仅不会盯牢我们做作业，而且还会热情招呼我们："孩子，肚子饿了吧？来来来，吃点饼干，吃点水果……"

## 2

和你们聊了我小时候后，你们哈哈大笑。忽然，妹妹说了一句："如果每个小朋友轮流去别人家住，一定很好玩。"

妹妹的话，虽是玩笑话，却让我想明白了一件事。

曾和许多家有学龄儿童的父母聊天，最大的感受是两个字——焦虑。

父母们总担心自己的孩子不够优秀，学的东西不够多。"别人家的孩子"在学啥，我们家的孩子也得学啊。否则，从一开始就落后了，长大了还怎么竞争？

父母的焦虑，一定会传递给孩子。不知不觉中，孩子也有了越来越多的焦虑，越来越多的烦恼。

其实，很多父母的焦虑和烦恼，问题就出在"期望太高，要求太多"。

如果我们能像对待"别人家的孩子"那样对待"自家的孩子"，如果大家交换着养孩子，这世界，一定和谐多了。许多问题，也就迎刃而解了。

## 3

我认识一位漂亮、能干的"85后"妈妈H。她有两个女儿，大女儿九岁，小女儿六岁。她经营着一家托管中心，照管着五十多个小学生。

最近，她苦恼地告诉我："托管中心里的五十多个孩子，我都能和他们相处得很好。但，一回到家里，面对自己的两个女儿，却是各种心塞。她们各种不自觉，不懂事，真是心累。"

我记得我是这样对她说的："或许，你对两个女儿的期望太高了。期望越大，失望越大。"

然后，我推荐她有空时读一读《我的心里住着一个孩子》。

今天中午，春雨一直淅淅沥沥地下着。我在一家小面馆吃面，手机"滴滴"响了。原来，是H发来了长长一段语音。

H激动地诉说着："吕姐，看完了你这本书后，我才发现自己一直以来对两个女儿的要求太高太高了。我容不得她们不如人家，总是催她们学得越多越好，越快越好。她们稍微有一点退步，我就紧张、焦虑，无法控制自己的情绪，忍不住要批评她们。现在女儿看到我就很害怕。所以，不是女儿错了，而是我错了……"

我回复她："试着用和托管中心孩子们的相处方式，和你的两个女儿相处。我相信，你的女儿们会成长得更好。"

4

我们明白，爱之深，责之切。

我们也明白，过犹不及。

但，一放到自己孩子身上，或许，就容易忘了。

很多时候，很多问题，皆因太在意。因为太在意自己的孩子，所以会对孩子"求全责备"。但事实却是，人无完人。除了少数天才，我们大多数人，都只是普通人。

还是回到H。我记得，她曾对我说："托管班的孩子们很喜欢我，愿意听我的话，乖乖做作业，等父母们来接。"

我说："那是因为你对他们的要求一定比你对女儿的要求低，因此，你和他们说话时的口气、眼神，一定温柔得多。他们越来越喜欢你，而你的女儿们，却越来越怕你。"

5

可怜天下父母心。

不过，并不是我们操的所有的心，都一定有道理。很多时候，我们是"欲速则不达"。

孩子，如果我偶尔忘记了这一点，请及时提醒我。

在此，也善意地提醒父母们，请减少对孩子的过高要求。

当你用对待"别人家孩子"的心态，用欣赏、鼓励的眼神去对待"自家的孩子"时，或许，你会惊讶地发现，你的孩子比以前更快乐了，而且，不会比以前差。

2017.3.22

# 真正的成长，在父母看不见的地方

## 1

亲爱的欢、乐：

最近，和你们一起看了印度国宝级影帝阿米尔·汗主演的《摔跤吧！爸爸》，感慨颇多。

看完电影的当晚，我用两个小时，写了一篇观后感——《父亲的痛和泪》。

写罢，意犹未尽。

今天，我想和你们聊聊电影结尾处的一个细节——大女儿吉塔参加 2010 年英联邦运动会决赛，在父亲不在场的情况下，赢得了冠军。

这个细节，给了我很多启发。

## 2

在吉塔从小到大的摔跤手运动生涯中，无论大小赛事，作为启蒙教练员的父亲，一直都在比赛现场为她加油鼓劲。

只要父亲站在那里，只要看到父亲坚毅的眼神，只要听到父亲浑厚的声音，这场比赛，就一定能赢！

于是，理所当然的，在这场决定谁是冠军的 2010 年英联邦运动会决赛现场，忽然发现父亲不在现场时，不要说吉塔很不适应，就连我们观众也觉得很意外，替吉塔捏了一把冷汗。

这场决赛，简直是一场梦魇。

吉塔面对的，是一个曾经两次获得英联邦运动会摔跤金牌的澳大利亚选手。

第一个回合，对方轻敌，吉塔险胜。比赛间隙，她习惯性地看了看赛场上的看台，没有看到父亲。她有些狐疑：父亲为何不来？发生了什么事？

第二个回合，对方强势进攻，注意力不够集中的吉塔，毫无悬念地败下阵来。

关键性的第三个回合开始了！

对方继续强势进攻，先发制人，一口气领先吉塔 4 分。现场解说员说，胜负已经十分明显，印度又将与金牌无缘。

### 3

此刻的吉塔，心里一定是绝望的。

她再次看了看赛场上的看台，试图找到父亲的身影，试图从父亲坚毅的眼神中获得战胜对手的力量。但是，父亲依旧不在。

比绝望更可怕的，是放弃。

相信电影院里的每一个观众，都和我们一样，屏住了呼吸，害怕吉塔会就此放弃。

奇迹出现了！

就在这一瞬间，吉塔想起了父亲陪她在摔跤场上的所有摸爬滚打，想起了被父亲扔进河里后靠自己奋力挣扎才浮出水面的险境，想起了这一路走来的所有艰辛和决心，想起了父亲说的"你不是为你一个人而战斗，你代表的是全印度的女性"……吉塔内心的小宇宙，终于爆发了！

热血沸腾的她，瞅准对手放松警惕的一刹那，绕到对手背后，拼尽洪荒之力，神奇地将对手举过头顶，在空中画过一个完美的弧度，摔在摔跤垫上。

这个动作，是摔跤比赛中难度系数最高的动作。

吉塔一举赢得了起决定作用的梦幻 5 分，成功逆袭，成为国际摔跤比赛中的第一个印度籍冠军。

吉塔，终于实现了父亲对她的期许——让所有人记住你。

### 4

比赛结束，父亲终于赶到了现场。他含着幸福的泪花对吉塔说："你是我的骄傲！"

这一刻，我觉得，吉塔真正长大了！

回首吉塔充满血泪的冠军路，是父亲一路陪伴左右，始终牵挂于心。最后，也是父亲教会了她如何独自面对这个残酷的世界。

父亲明白，再强大的父母，也无法陪孩子走完属于他的人生路。

与其等自己衰老时为孩子不够独立焦虑，不如趁自己壮年时就教会孩子独立生存的能力。

孩子，陪伴你们成长，教会你们独立，当是天下父母的职责所在。

## 5

曾经给你们写过一封信——《你是一棵抗晒的菜吗》。

文中，我这样写道："孩子，我欣赏将根深深扎在泥土里，经得起烈日暴晒的菜，因为它们具有强大的生存能力。我希望，你们也能成为一棵抗晒的菜。"

在刚刚过去的"五一"小长假，我送你们参加了一个为期两天的野外生存训练营。两天一夜，你们置身荒山野岭，没有食物，没有水。你们需要蹚过湍急水流，需要钻木取火，需要翻山越岭，需要挑战前所未有的困难……

一开始，我也有点小小的担心。但转念一想，在父母看不见的地方，孩子才能真正成长。那么，就放手让你们去挑战自己吧。

只有挑战，才能激发你们的潜能，才能让你们真正成长。

## 6

我想到了最近和你们的有意思的对话。

某晚，和你们一边吃饭一边聊天。

我说："今晚绍兴文理学院有一场音乐会，我带你们去听吧。"

没想到，你们连连摆手，说："拜托，明天我们要期中考了，你一个人去听吧。"

我在心里偷着乐，因为我知道，在我看不见的地方，你们已经悄悄长大了。

　　你们明白，考试，是你们的事，不是父母的事。

　　你们明白，学习，是你们的责任，不是父母的责任。

　　你们明白，成长，是你们必须学会的，因为父母迟早要放手。

*2017.3.28*

# 最深的思念，一定是在心里

*1*

亲爱的欢、乐：

昨晚睡前聊天，我问你们："清明节是一个怎样的节日？"

你们想了想，答："是祭拜祖先的节日。"过了一会，姐姐说："不过，妈妈，我们好像很少去祖先的墓地哎……"

我陷入了沉思。

想想很是愧疚。清明节放假，我一般都会回新昌。但新昌的风俗，扫墓提前一周就可以进行。我父母通常在清明节前一周就去我爷爷奶奶、外公外婆的墓地祭拜、清扫了。等我带你们回新昌时，反而很少去墓地。一年，两年……似乎就这样过去了。

我该如何对你们解释我的愧疚？如何表达我对逝去的亲人的思念？

于是，我决定写这封信给你们。

## 2

清明节与春节、端午节、中秋节，并称为中国四大传统节日。

清明节在仲春与暮春之交，也就是冬至后的第一百零八天，一般是在公历 4 月 5 日前后，是祭祖和扫墓的日子。据史书记载，清明节大约始于周朝，距今已有两千五百多年历史。

为什么要设立"清明节"？话说，这是周朝人的一个智慧。

古往今来，中国人对自己的子女总有操不完的心。含辛茹苦，将孩子拉扯长大，帮孩子张罗着成了家，帮忙带大了孙辈……

这还不够。眼看着自己垂垂老矣，离开这个人世后，就看不到孩子的后半辈子了。

"我的孩子会被他的孩子孝顺吗？"这是一个让人放心不下的问题。

于是，智慧的周朝人，想出了一个"清明节"的仪式。他告诉孩子，在他归西后，每年"清明节"，让孩子带着他的孩子，一起来墓地祭祖、扫墓。他的孩子看在眼里，记在心里，自然就会孝顺长辈了。等孩子百年归西后，孩子的后代也会来墓地祭祖、扫墓……这样一代传一代，一代就会孝顺一代。

这个关于"清明节"来历的说法，是我多年前无意中在书中看到的。那一刻，我忽然顿悟，清明节不只是晚辈缅怀逝去的长辈，还饱含着长辈对晚辈的深深牵挂和祝福……

## 3

我是外公外婆带大的，所以，对他们两位老人家，我有很深的感情。

我出生时，父亲在武汉钢铁厂工作，母亲在新昌一个乡镇卫生院上班。我只喝了母亲几天奶，就被送到了邻村的奶娘家里。奶娘淳朴、善良，视我为己出，喂了我十个月母乳，将我养成了一个白白胖胖的奶娃娃。

之后，我被送到外公外婆家，一直住到三岁，才回到父母身边。

或许，一个人三岁之前的记忆，是很模糊的；但三岁之前的感情，却非常深刻。所以，我和外公外婆的感情特别特别好。从小到大，每逢寒暑假，我一定要去回山外婆家住上一段日子。

外婆冒雨到田间为我和小伙伴送伞，外公为我做小锄头让我玩，外婆在炉灶里为我烤玉米，外公每年冬天为我晒番薯干……这些点点滴滴，至今写来，依然让我忍不住要落泪。

就是这样深爱我和我深爱的外公外婆，他们去世后，我却很少去他们的墓地祭扫，很愧疚、很愧疚……

这次清明节回新昌，我一定要带上你们，跟随父母去一趟回山，去外公外婆坟前，磕几个响头，点一炷清香……

4

当然，思念亲人，并不只有"清明节"。

外婆离开我二十多年了，外公离开我十多年了。外公走时，是 2002 年秋天。我读大四，在毕业实习阶段。那几天，我打家里电话，总是没有人接。那时还没有手机，就一直联系不上。几天后，父母打电话来告诉我："外公去世了。"

那一刻，我清晰地记得，我握着宿舍电话线的手，忽然抖了一下。对未能从学校赶回去看外公最后一眼，送外公最后一程，除了遗憾，还是遗憾。

这么多年过去了，时光并未冲淡外公外婆在我脑海中的深深印记。他们的音容笑貌，仿佛就在昨日，仿佛就在眼前。

在一个个寻常日子里，我常常会不经意间就想起了我勤劳善良的外公外婆。有时，眺望远山，想象在山的尽头，外公正身披蓑衣，头戴笠帽，扛着锄头，从田间劳作回来；外婆牵着我的小手，迈着她特有的小碎步，带我去村口找挑着棒冰摊的小贩，买红豆棒冰、绿豆棒冰和雪糕……

这些记忆，早已融入了我的血液，流淌在我心中，永远永远都无法忘怀。

就像苏轼的《江城子·乙卯正月二十日夜记梦》，每次读来，都让人潸然泪下。

"十年生死两茫茫，不思量，自难忘。千里孤坟，无处话凄凉。纵使相逢应不识，尘满面，鬓如霜。夜来幽梦忽还乡，小轩窗，正梳妆。相顾无言，惟有泪千行。料得年年肠断处，明月夜，短松冈。"

一句"夜来幽梦忽还乡"，写尽了苏轼对亡妻王弗绵绵无尽的哀伤和思念。情到深处，一清如水。最深的思念，一定是在心里。

## 5

去年，曾经给你们写过一封信——《那些记忆中的味道》。那封信中，我深深怀念外公外婆用爱为我做的种种美味。

信的结尾，我对你们说："孩子，我写下这些记忆中的味道，不仅仅是味道本身，更是对亲情、对岁月的深深怀念。虽然人们常说，人生有许多事情，就像船后的波纹，总要过后才觉得美。但此刻，我希望你们，与其等过后才觉得美，不如在当下就发现美，且珍惜这份美。"

"树欲静而风不止，子欲养而亲不待。"孩子，孝顺长辈，不要等长辈离开后，才用所谓的"形式"去纪念他们。而是，珍惜彼此在一起的每一天、每一年，好好陪伴，好好尽孝。爱爷爷奶奶，爱外公外婆，爱爸爸妈妈，当然，也爱自己。

我希望，很多年很多年后，当你们思念我们时，你们脑海中，有许多许多属于我们母女之间的温暖记忆。岁月带不走，别人也无法取代。

因为，亲人之间血浓于水的亲情，永远是世间独一无二的存在……

请，一定珍惜。

2017.4.2

# 最好的成长，是父母和孩子一起成长

## 1

亲爱的欢、乐：

最近，浙江卫视少儿频道要在全省采访十个有特色的妈妈。机缘巧合，我被选中了。

前几天，节目组来家里采访我们。

节目组先问你们："在你们眼里，妈妈最大的优点是什么？"

为了确保节目的真实和自然，节目组事先并未告诉你们采访提纲，一切都是现场发挥。我很好奇，你们会如何回答。

你们略一思索，齐声回答："不唠叨。"

然后，节目组问我："成为母亲后，孩子带给你的最大改变是什么？"

我想起了曾经给你们写的那封信——《不说"为了你"》。信中，我写道："孩子的到来，让我重温了一次童年。这十多年来，我一直不觉得我为你们付出了什么，反而时常觉得，你们给了我很多、很多。"

于是，我对记者说："是成长。孩子的到来，让我觉得，我应该成长为更好的自己。"

## 2

孩子终将长成父母那样的人。女儿身上，终将有母亲的影子。

因此，在你们成长的过程中，我一直提醒自己，我希望你们做到的，我首先应该做到。因此，不知不觉中，我和你们一起在成长。

比如，希望你们爱阅读，我首先要爱阅读；希望你们爱旅行，我首先要爱旅行；希望你们对万事万物保持好奇心，我首先要有一颗好奇心；希望你们心存善意，心底盛开善意的花，我首先要与人为善；希望你们积极乐观，我首先要是一颗发光发热的小太阳……

父母是原件，孩子是复印件。当原件出错时，改复印件有用吗？当然没用。

正确的做法是，改原件。一如孩子的成长，其实绕不过父母的成长。

## 3

认识朋友G很多年了。在她身上，我清晰地看到，她用自己的成长，激励了儿子的成长。

她当过老师，也在某个稳定的事业单位工作过。但，五年前，她决定辞职，改行从事美容养生行业，目标是成立自己的工作室。

那一年，她儿子中考。中考成绩并不理想，没有进入他们一家人期望的理想高中。

身为老师的她，一度沮丧过。教了别人家的孩子那么多年，自己的孩子却和理想的高中失之交臂，情何以堪？

但，她很快学会了反思。她觉得，儿子的问题，或许出在她这个母亲身上。

多年来，她内心深处追求稳定、追求安逸的惰性，或许无形之中影响了儿子的学习状态。

于是，她决定不像其他母亲那样去批评儿子、责骂儿子，而是在儿子生日那天，心平气和地和儿子进行了一番长谈。她对儿子说："儿子，妈妈和你来一个约定。未来三年，妈妈和你一起努力。你努力学习，争取考上你喜欢的大学。妈妈努力创业，争取拥有自己的工作室。"儿子愉快地同意了这个约定。

儿子读高中的三年，也正是她创业最艰辛的三年。许多个月黑风高或风雨交加的夜晚，忙碌辛苦了一天的她，回到家时，一身疲惫。当她看到儿子孤身一人在书房里忙碌地做作业时，阵阵内疚，就会涌上心头。

"家有高中学子，许多妈妈都会陪伴在右，端茶递水。但我却忙着自己创业，很少过问儿子的学业，顶多帮儿子在试卷上签个名字就完事了。我也曾怀疑，我是一个合格的母亲吗？"

她的怀疑，在三年后她终于拥有了自己的工作室的那一天，烟消云散。

那天，以优秀成绩考入美国某大学的儿子，参加了她工作室开张的典礼。儿子自豪地说："我为妈妈感到自豪！她身上那股不服输的拼劲，是对我最好的激励和鞭策。"

那一刻，幸福的泪花，在她眼眶里闪烁。

## 4

杨澜曾说："作为一名职业女性，我也曾困惑于如何平衡工作和生活。每次收拾行李准备出差时，就觉得做了一件特别对不起孩子的事。经过一段时间的思考，我觉得，对一个孩子而言，更重要的是看到父母如此享受自己的工作，享受自己的人生，他们如此充实，见到这么大的世界，带回来这么有趣的故事。而且，他们能够在孩子遇到困惑的时候给予一些指导。你怎样去做人，你的态度、你的行为，孩子都会尽收眼底。"

杨澜的这番话，概括起来，也无非就是"言传身教"四个字。这四个字，其实大家都懂，但真正能做到，却非易事。

很多时候，我们在犯那个"鸟妈妈"的错——自己不飞，却让孩子拼命飞。

很多时候，我们要提醒自己，别把劲儿都使在孩子身上。关注自己的成长，让自己充实、快乐地过好每一天，孩子自然会模仿我们的。

## 5

很多时候，父母在抱怨"为了孩子，我放弃了什么什么，做出了如何如何牺牲"时，其实，只是为自己的"不成长"找了一个最"简单粗暴"的理由。

只为成功想办法，不为失败找理由。同样，如果父母本身有惰性，懒得成长，一定会以孩子为借口；如果父母愿意和孩子一起成长，愿意成为更好的自己，一定会找到一切可利用的时间和机会。

所以，请父母正视事实，正视自己吧。

让我们放弃成长的，一定不是孩子，而是我们自己的惰性。

孩子，当你们告诉节目组，你们眼中的妈妈最大的优点是"不唠叨"时，我很开心。因为，妈妈"忙"着拼命成长，没有时间来"唠叨"你们。

孩子，如果你们发现妈妈某段时间有惰性了，成长的脚步放慢了，请记得随时提醒我。因为，妈妈不想成为一个只会一天到晚追着你们问"你想吃红烧肉呢，还是煎带鱼呢？"的妈妈，而想成为一个能和你们对话的妈妈。在满院阳光和一室花香中，让我们一起聊聊人生，聊聊世界，聊聊过去和未来……

一起成长，只为在美好的未来遇见。

2017.4.27

# 上一次和孩子聊得很嗨，是何时

## 1

亲爱的欢、乐：

昨晚，加班。回家路上，9点左右，姐姐来电，说："妈妈，你几点到家？等着你回来卧聊哦！"

卧聊，是大学时代我们501宿舍每晚的保留节目。11点熄灯，八个女生躺在老式的上下铺床上，七嘴八舌，天南地北地聊。聊到开心处，笑声一片。

青春岁月，睡觉，似乎是一件很不情愿的事。总要等卧聊的声音渐渐轻下去了，大家才依依不舍地进入梦乡。

几乎每晚，都是如此。

## 2

不知从几时起，我和你们之间，也有了卧聊。

我所说的卧聊，是互动式的聊天，而非你们年幼时，我给你们讲睡前故事。我讲你们听，讲着讲着，你们睡着了。

随着你们渐渐长大，我们之间的聊天，就像在波心投了一颗石子，涟漪慢慢扩散，越聊越广。

记得，某晚，睡前和你们一起朗诵了白居易的《长恨歌》。关灯后，我们在被窝里聊起了唐朝的皇帝。从李渊说起，聊到武则天时，有了这样一段对话：

"去年国庆节，我们去了洛阳的龙门石窟，你们记得吧？"

"记得呀。"

"龙门石窟中最著名的卢舍那佛的容貌，据说就是以武则天为模特儿的。和蒙娜丽莎的微笑一样，卢舍那佛的笑容也很耐人寻味。"

你们竖起小耳朵，听得津津有味，问："为什么卢舍那佛要模仿武则天？"

我开始娓娓道来："这当然是有原因的……"

某晚，和你们聊电视剧《来不及说我爱你》的情节时，我忽然想起了广州的黄埔军校，就说："你们在黄埔军校看到的那些历史照片，就是《来不及说我爱你》反映的那个时代。"

你们因为对这部电视剧感兴趣，对剧中提到的抗日战争也有了许多好奇和不解。后来，我们就开始聊抗日战争这段历史了。

3

前几天，和一位对教育孩子颇有想法的朋友L聊天。她说："看父母和孩子的交流沟通好不好，只要问她一个问题，你最近一次和孩子聊得很嗨，是何时？"

我在心里琢磨了下，确实，言之有理。

《亲爱的安德烈》中有这样一段文字：

他在德国，我在香港。电话上的对话，只能这样：你好吗？好啊。学校如何？没问题。……

假期中会面时，他愿意将所有的时间给他的朋友，和我对坐于晚餐桌时，却默默无语，眼睛，盯着手机，手指，忙着传讯。

我知道他爱我，但是，爱，不等于喜欢，爱，不等于认识。爱，其实是很多不喜欢、不认识、不沟通的借口。因为有爱，所以正常的沟通仿佛可以不必了。

4

"爱，不等于喜欢，爱，不等于认识。爱，其实是很多不喜欢、不认识、不沟通的借口。"

龙应台和安德烈之间的问题，何尝不是我们大多数家庭存在的问题？

冰冻三尺，非一日之寒。

一开始，可能是父母忙。人的一生中，从三十岁到四十岁，可能是最忙的时候。这个阶段，孩子还小，工作正是"撸起袖子拼命干"的时期。白天忙了一天，下班回家，最好就是在沙发上"葛优躺"，看会电视，翻翻报纸。如果老人愿意帮忙，孩子尽量交给老人带，老人无法帮忙的，希望孩子尽量自己玩，早点睡。这个时候，是父母不愿和孩子"聊"。

等孩子渐渐大了，正如龙应台遇到的问题那样，父母想和孩子"聊"了，但孩子，可能不愿和父母"聊"了。父母和孩子之间的对话，简单到只剩下一日三餐和吃喝拉撒。精神层面

· 104 ·

的沟通，越来越少，甚至消失了。

5

刚才提到的那位朋友 L，她儿子已读高中，平时住校。某个周末的晚上，儿子问她："老妈，我最近在读卡耐基的《人性的弱点》，你读过吗？对人性的弱点，你怎么看？"

然后，朋友 L 和她儿子，泡了一壶茶，在阳台上开始了夜聊。"那晚，儿子拉着我聊了很久，不肯去睡。他还说，老妈，你就像我的哥儿们。"

孩子，我也愿意成为你们的"姐儿们"，你们的"闺蜜"。在每晚的卧聊中，陪你们慢慢长大。

2017.5.3

# 我们和慈善的距离，
# 其实只有一个手指

## 1

亲爱的欢、乐：

今年五一节，我们一起做了一件有意义的事。

这件事，源于和朋友丫的聊天。

她告诉我，她在绍兴市慈善总会申请成立了一个基金。创始基金 10 万元，三年来，累计筹集善款 29.78 万元。其中，已有 16 万元用于助学、助困、社会公益事业等慈善公益项目。

生活中，丫是一个文静秀气的女子。但当她聊起慈善事业，聊起爱心基金，聊起她结对的残障孩子们时，她的身上，有一种阳光般的热情。

这份热情，可以感染任何一个和她交谈的人。

## 2

曾经，我给你们写过一封信，题目是《我在原地，等你回来》。

信中，我告诉你们，科学始终无法解释两样东西：一是爱，二是美。它们跟物质的东西不同。物质会越分越少，而爱和美，则越分越多。

孩子，爱是一种能力，越去爱别人，爱的能力就越强。反之，爱就会削弱甚至丧失。这种爱的能力，需要从小练习。

### 3

我记得，我们一起看过《南方周末》上一篇有关失学儿童的深度报道。

因为贫穷，这些本该和你们一样在窗明几净的学校里学知识、学本领的西部地区的孩子，小小年纪就背井离乡，到砖窑厂打工。

"让无力者有力，让悲观者前行。"《南方周末》记者用有情怀的镜头，呈现了他们的弱小、无辜和迷茫。

看着这些照片，你们说："妈妈，他们好可怜。"

是的，很多个刮风下雨或寒冷的冬夜，和你们躺在温暖的被窝里时，我总会情不自禁地想起唐代诗人杜甫那首《茅屋为秋风所破歌》："安得广厦千万间，大庇天下寒士俱欢颜。风雨不动安如山。"

我念这首诗给你们听，你们似乎有所悟。

### 4

在《亲爱的安德烈》一书中，龙应台给儿子安德烈写了一封信，题目是《两种道德》。

信中，龙应台说："安德烈，我相信道德有两种，一种是消极的，一种是积极的。我的消极道德，大部分发生在生活的一点一滴里：我知道地球资源匮乏，知道20%的富有国家用掉75%的全球能源，所以我不浪费。……我写文章，希望人们认识到这是一个不合理的社会结构。我演讲，鼓励年轻人把追求公平正义作为改造社会的首要任务……"

我的理解，消极道德，更多地是从我做起，做好自己；积极道德，更多地是帮助别人，传播正能量。

正如两千多年前孟子说的"穷则独善其身，达则兼济天下"，前者是消极道德，后者是积极道德。

## 5

或许，你们会觉得，你们还小，能有消极道德就很不错，积极道德是长大以后的事。

其实，不是的。你们已经具备了帮助别人的能力，只要有心，只要愿意。

我记得，姐姐小学四年级时，班上有一位热心的家长，组织孩子们去敬老院里做志愿者。那天回来后，姐姐很兴奋地告诉我们："妈妈，我和同学们讲故事给爷爷奶奶们听，他们很开心地听我们讲，夸我们讲得好。有些爷爷奶奶不识字，我们就找了一块白板，轮流上台教爷爷奶奶认字，我也上台当了一回小老师。"

对于老人们来说，最好的帮助，就是陪伴。孩子，你们这一天给老人们带去快乐，就是积极道德。

## 6

和你们一起看央视《朗读者》，濮存昕在节目中说了这样一段话："当你得到别人的帮助时，不要觉得理所当然，而是要怀有一颗感恩的心；当你有能力时，不要觉得事不关己，而是要尽力帮助需要帮助的人。这是做人的基本道理。"

我很赞同"不理所当然、不事不关己"的理念。孩子，你们要从小有这样的理念。用我们的时间，用我们的物质，力所能及地帮助别人，是可以从小做起的。

因此，当我从丫那里得知爱心基金后，我鼓励你们用自己的零花钱向爱心基金捐款。

你们很兴奋地完成了人生中第一次慈善捐助。首先，关注"绍兴市慈善总会"微信公众号；然后，进入"捐助"栏目中的"基金"子栏目，可以看到一系列爱心基金；点击"我要捐款"，就可以奉献你的爱心了。整个过程只需短短几分钟。

今后，只要你们想捐款，就可以动动手指，将你们的零花钱转化为一笔笔爱心捐款。

妈妈和你们分享一位高中生的捐款故事。她从小有个习惯，每逢生日、过年和一些有特殊意义的日子，她就会向爱心基金捐款。最近，她想申请到国外高校求学，对方让她提供从小到大参与社会公益事业的资料，她就去绍兴市慈善总会打印捐款清单。清单上，她的每一笔捐款都历历在目，虽然每一笔的金额都只有几十元，但日积月累，不知不觉中，累计捐款 1 万多元。

这份清单，见证了这个孩子从小热爱公益、投身公益的积极道德。

*7*

孩子，慈善并不遥远，就在我们身边。

请你们感谢生活已经给予你们的，并付出你们的努力，让这个世界变得更美好。

正如 20 世纪 90 年代很火的那首《爱的奉献》唱的那样："只要人人都献出一点爱，世界将变成美好的人间……"

*2017.5.6*

# 在一起，就是陪伴吗

## 1

亲爱的欢、乐：

某个周日下午，气温骤降，外面下着淅淅沥沥的春雨，我和你们窝在家里。

你们在房间看书，我在书房码字。敲击键盘的手，"噼里啪啦"地忙碌着。

不知何时，你们走进书房，姐姐手中举着一副时下风靡校园的"UNO"纸牌，说："妈妈，我们打会牌吧。"

正在码字的我，其实很不情愿。但看到你们期待的眼神，有些不忍心拒绝。于是，关上笔记本电脑，陪你们打牌。但我的全部心思，仍在文字的世界里。

打了两盘后，我说："这牌好无聊，我不想玩了。"

姐姐着急地说："我觉得很好玩啊，再陪我们玩几盘嘛。"

妹妹嘟起小嘴说："妈妈，那是因为你不投入。"

## 2

最近一段时间，我似乎一直很忙。

我曾和你们开玩笑说："'桑葚三味'公众号很像妈妈的第三个孩子，是你们的小妹妹，妈妈每天晚上要花好几个小时陪她哦。"

你们对这个"小妹妹"倒也十分包容，总是自己看书、做作业、画画、写毛笔字、踢毽子……很少来打扰我写作。

周日，原本是我们的"家庭出游日"，我总会带你们到处走走、玩玩。但最近几个周日，我总是忙着和读者见面、交流，很少有时间陪你们去大自然里走走。

为了"打发"你们的空闲时间，我总是对你们说："有时间就多看会书吧，书里的世界最精彩。"

我似乎忘了，你们还是孩子，是需要和大自然亲密接触的孩子。

我也似乎忘了，你们的"忍耐"是有限度的。

## 3

直到前几天在朋友圈里看到朋友C的分享，我才惊醒，我已经很久没有真正"陪伴"你们了。

朋友C在新昌某中学担任计算机老师，有一儿一女，儿子读高二，女儿读初二。她在朋友圈里分享了这样一个故事。

今天下午，我在收拾冬装。小宝说："落叶好美，我想做叶脉书签。"我说："好啊好啊，妈妈立刻换掉睡衣，去实验室。"扔下所有，立马出发，气温虽又骤降，但冷不了我们的热情。

实验中，我们尝试了很多树叶，香樟树叶、桂树叶、橘树叶、玉兰树叶、栀子花叶、黄杨木叶、石楠叶等。发现桂树叶最合适不过了，玉兰树叶也很好，石楠叶太嫩失败，有些树叶无法完成。

整个过程中，刷叶肉是最麻烦的。不能刷破，也不能刷损叶脉。不过，女儿得出的经验是：煮透，牙刷要呈圆绕刷，叶脉软的要放手心刷。

制作过程网上查：第一步是用 10% 氢氧化钠水煮，第二步是在清水里刷叶肉，第三步是放双氧水里泡 24 小时后上色。

等我们把做好的叶脉泡在双氧水里时，天已黑透了。

### 4

从朋友 C 细腻的描述中，我仿佛看到了她陪伴儿女做叶脉书签时温暖的笑容和孩子们专注的神情。

这样用心的陪伴，才是真正的陪伴。

惭愧的我，和朋友 C 微信语音聊了很久。她告诉我，在陪伴孩子成长的过程中，她喜欢陪孩子做两件事：一是亲近大自然，二是动手制作很多小东西。比如，他们每年自制不一样的花灯，做过比爱因斯坦的凳子更丑的小凳子，做过树叶贴画，还做过竹子弓箭、宝剑、大刀、香囊、投石车、小书包、小书架……

"也许我是农民出身的的原因，我特别喜欢大自然山水的生命，也喜欢带着孩子们去感受大自然的气息。喜欢把田野搬进家，喜欢拾松果造型，喜欢捡树枝插花，喜欢孩子们亲自动手的过程，喜欢孩子们思考探索的过程……至于结果，管他呢，玩得开心就好。"

手机那头，朋友 C 爽朗的笑声深深感动了我。

正因为她十多年来一如既往的用心陪伴，她的两个孩子，动手能力和独立生活能力都特别强。她儿子屋里摆满了各种小发明、小制作，俨然是一个小小发明家。

## 5

有这样一个故事，一个中年男人去看心理医生，苦恼地说："医生，为了给家人更好的生活条件，我每天忙工作，忙着赚更多的钱，但是，孩子却不爱我，和我没有话说。我该怎么办？"

这位医生平静地告诉他："当你选择将 99% 的时间都用在工作上，你就没有打算扮演好一个父亲的角色。人的时间是有限的，你将时间花在不同的地方，得到的结果注定不一样。"

如果父母不好好陪伴孩子，却想要孩子发自内心地爱父母，其实是很自私、贪婪的想法。

什么是陪伴？只是身体待在一起，就是陪伴了吗？不是的。

现实生活中，有太多父母，包括我自己，很多时候，"身"和孩子在一起，"心"却在另一个世界。比如，眼睛最喜欢盯着的，或许是那个闪烁着荧光的手机。

## 6

父母白天大多要忙于工作，能和孩子在一起的时间，也就是每天晚上，从吃晚饭到孩子睡觉前这段时间。对于年幼的孩子来说，睡前给孩子讲故事，是很好的陪伴。

认识一个朋友丫，在外贸公司工作，白天忙得晕头转向，晚上还时常加班。但是，不管多忙，每天晚上，她都会和五岁的女儿共读一本绘本，并将母女的朗读录音发在朋友圈里。

我常听这对母女的录音，妈妈温柔的讲述和女儿脆生生的童音交织在一起，听得我心都要融化了。

请听一段母女俩共读的《白雪公主》——

## 7

孩子，当我在反思最近没有用心陪伴你们时，刚好看到了一篇题为《妈妈也是第一次当妈妈，很多事不要怪她》的文章。文中有这样一段话：

> 有一次，妈妈在家炒菜的时候，忽然对我说："妈妈也是第一次当妈妈，不知道怎么教小孩。怕你走歧途，怕你过得不好，怕的事情太多了。妈妈也没有当妈妈的经验，不要怪妈妈没有别人家的妈妈好，妈妈也想当个好妈妈。"

我想起最近有很多读者给我留言说，读了《我的心里住着一个孩子》后，发现自己很多方面做得不够好，对不起孩子，内疚……我一般会先安慰他们说："会反思的父母，就是好父母。"

其实，每一位父母，在孩子的成长过程中，不正是在"反思—改进—再反思—再改进"的螺旋式上升中前进吗？有问题并不可怕，可怕的是不知道自己存在问题。

孩子，谢谢你们，让我在"陪伴"这件事上发现了问题。我会回到从前，像曾经那样用"心"陪伴你们，和你们一起成长。

当你们从依依求抱、憨态可掬的小娃娃，长成亭亭玉立的少女时，希望我可以坦然地告诉自己：在该陪伴的时候，我是那样喜悦地牵着你们的手，一起欣赏过生命中一段曼妙的风景。

这段风景，如果不是用"心"，或许会看不见。

*2017.5.18*

# 亲爱的，人来人往，勿失勿忘

## 1

亲爱的欢、乐：

如果你们问我，我对你们最大的期许是什么，我的回答永远都是——平安、健康。

曾和你们一起看过陈可辛执导的电影《亲爱的》。印象中，那是我看过的第一部涉及"打拐"题材的电影。

电影讲述了以田文军为首的一群失去孩子的父母，在寻找孩子过程中所受的煎熬和折磨。电影中，田文军活着的全部意义，只是寻找孩子。他活下去的唯一动力，就是找到孩子。当他明白自己这辈子或许再也找不到孩子的一刹那，他内心的精神支柱瞬间坍塌。

相信每一个为人父母者，看了这部电影，都会有强烈的切肤之痛。

我清晰地记得，我是带你们一起看的。在黑乎乎的电影院里，我紧紧地搂着你们。

那一刻，我觉得，还有什么能比和家人平安、健康地相守在一起更重要、更幸福呢?! 没有了。

2

我是一个泪点很低的人。每次看倪萍大姐主持的《等着我》,都会泪流满面。

当倪萍说完"为缘寻我,为爱坚守",当那扇充满不确定的门在音乐中开启,当白发苍苍的父母和失散多年的孩子在台上相认,当他们终于可以抱在一起号啕大哭的那一刻,我总是陪着他们一起哭,并在心里说:"哭吧,哭吧,痛痛快快地哭吧! 把这么多年压抑在你们心中的痛苦,通通哭出来吧!"

最近看节目时,一位三十多岁的女子的讲述再次让我揪心。这位女子和她弟弟,在很小的时候,就和父母失散了。姐弟俩被可恶可恨的人贩子卖到了不同的地方。一夜之间,父母失去了两个孩子,那种打击,是一种怎样的痛苦? 或许,是比死亡更让人痛苦的滋味,让人"痛不欲生"。

这位女子说,父母失去孩子的心情,她曾经并不能真正懂得。直到有一次,她自己带着五岁的儿子去超市买东西。超市里到处都是人,挨挨挤挤。她紧紧拽着儿子的小手,让儿子跟牢她。但当她付完钱,一个转身的时间,却发现儿子不见了。目之所及,哪里有儿子的身影?!

那一刻,她说自己像一个发了疯的女人一样,拼了命地大声呼喊儿子的名字。她向每一个保安求助,向每一个陌生人打听,跑遍了超市的每一个角落……最后,终于在超市的出口处,看到小小的儿子,正仰起头,专注地看着一个超大的五彩缤纷的棒棒糖……她冲过去,一把抱住儿子,失声痛哭。

· 118 ·

她说，那一刻，她终于明白，失去孩子，是怎样一种锥心的痛！她从发现儿子不见到找到儿子，其实只有短短的五分钟。但这五分钟，却像下地狱般那样漫长，那样绝望……

### 3

乐乐，在她的讲述中，我不由自主想起了十年前，我带你逛超市时发生的一次意外。虽然最后有惊无险，但每次想起，都会让我愧疚万分。

那时，你大概两周岁，正是蹒跚学步的年纪。在火车站附近的一家超市里，我一边买东西，一边和你玩起了"躲猫猫"。前几次"躲猫猫"，我每次睁开回来时，你都在我视线范围内。但突然有一次，你不见了。我赶紧向四周张望，都不见你的小小身影。你去哪了？这是在超市！而且附近就是火车站！一连串可怕的画面顿时涌上心头，我脑袋"轰"的一声，感觉天都要塌下来了！怎么办！

那一刻的我，急得不知如何是好。找寻了一个又一个货架，问了一个又一个超市工作人员……正当我想向超市求助广播播放时，爸爸抱着你回来了。

我顿时喜极而泣，眼泪夺眶而出，问爸爸："你在哪里我到的？"他说："我第一反应是去超市门口看看，果然，小不点儿一直往超市门口走。我发现她时，她快到门口了。"关键时刻，男人总是比女人更冷静，更清醒，更能急中生智、临危不乱。

我从爸爸手中接过你，并紧紧抱住你，在心里自责了千万遍："从今以后，带孩子出门，一定要一万个小心！"

4

在父母心目中，每一个孩子都是独一无二的。任何一个孩子，都不能被其他孩子代替。电影《亲爱的》中，失去了孩子的家庭，大多不愿意再生育一个，而是一心一意去找寻失去的那一个。

除非，他们已经完全绝望。绝望地明白，今生再无可能找回那个孩子。这时，他们才可能会去孕育一个新的生命。但，即使有了新的生命，那个失去的孩子，依然会成为父母一生的痛，永远无法弥补。

孩子，人海茫茫，今生有缘成为父子、母女，是一场多么神奇的缘分。人来人往，勿失勿忘！

亲爱的家长们，请好好照顾自己的孩子，不要给可恶的人贩子任何可乘之机！

期待《等着我》一直办下去，助力团圆梦，让心不再等待。

2017.5.27

# 慢下来的时光

## 1

亲爱的欢、乐：

我一直以为，你们的暑假，是很悠闲的。没想到，你们说，很忙。

姐姐扳着手指说："周一、周三、周五上午，我要上画画、书法兴趣班，周末要打乒乓球。平时，要做暑假作业，听英语磁带，看课外书……偶尔发个呆，你就说我们浪费时间了。"

后来，你们睡了，我好好回忆了一番。确实，好几次，看到你们坐在窗前、看着窗外发呆时，我会催你们抓紧时间，多看看课外书……或许，我不知不觉中剥夺了你们"发呆"的权利。

## 2

多年前，无意中读了《孩子你慢慢来》一文。当时，被深深感动。如今，依然感动。作者的文字，淡淡的，没有渲染，只有白描。但淡淡的背后，却藏着深深的感情。

"我，坐在斜阳浅照的石阶上，望着这个眼睛清亮的小孩专心地做一件事。我愿意等上一辈子的时间，让他从从容容地把这个蝴蝶结扎好，用他五岁的手指。孩子，你慢慢来，慢慢来。"

读这段文字时，姐姐还是三岁多的小娃娃，妹妹还在腹中。我看着咿呀学语的姐姐，摸着圆滚滚的肚子，默默地想，我要有足够的耐心，不催促，不抱怨，陪你们慢慢成长。

## 3

然而，很多时候，美好的初心，遇到骨感的现实，似乎越来越难坚持。当我们身处节奏越来越快、竞争越来越激烈的社会，我们还能淡定地对孩子说"你慢慢来，慢慢来"吗？

当身边的朋友们陪着孩子学国学、英语、唱歌、跳舞、书法、画画……许许多多特长和技能时，我也未能免俗，就像上了发条的闹钟，催促你们加快脚步，往前冲。

在你们很小的时候，我就开始告诉你们："时间宝贵，不能浪费。"我常在你们耳畔叮咛："一年之计在于春，一日之计在于晨。一寸光阴一寸金，寸金难买寸光阴……"不知不觉，我将成人世界的快节奏，过早地传递给了你们。

直到你们告诉我，你们很忙，忙得连发呆的时间都没有时，我才若有所思，在记忆深处搜索我的童年时光。

我发现，我的童年，其实是有很多"发呆"的时间的。

我家住在六楼，极目远眺之处，是连绵起伏的群山。山上有若隐若现的电线杆。电线杆和电线杆之间，是像五线谱一样的电线。我小学五年级就近视了，配了二百度的近视眼镜。你们外公外婆提醒我，多看看远方的山，可以让眼睛得到休息。因此，站在窗前看远方的群山，放空大脑，发发呆，是我每天很放松、很享受的时刻。

一个人独处时可以发呆，一群孩子在一起疯玩时，其实也是另一种形式的发呆。曾经，我有大把大把时光，可以和小伙伴一起玩泥巴、玩沙子、躲猫猫、捉迷藏，追追闹闹、嬉嬉笑笑……

在大人眼里，或许是无聊的游戏，但在孩子看来，自有无穷乐趣。

## 4

钱锺书先生在小说《围城》的自序中提到，他小时候喜欢玩"石屋里的和尚"的游戏。所谓游戏，其实是他一个人盘腿坐在蚊帐里，披着一条被单，自言自语。任父母来催促他睡觉，他就是不肯睡，玩得不亦乐乎。

现在想来，无论是我远眺群山时的发呆，还是孩子们玩大人眼中无聊的游戏，其实都是孩子自我放松和自我调节的过程。表面上看起来，孩子在发呆。或许，恰恰相反，这是孩子内心很活跃的时候。天马行空，无拘无束，完全沉浸在自己的世界中。

很多稀奇古怪的问题，似乎都是在这样的时刻产生的。比如，生命从哪里来？宇宙有没有边际？时空能不能穿越？生我之前我是谁？我死之后谁是我？……从某种意义上讲，发呆，可以让我们从忙碌、奔波中安静下来。发呆，其实是思考的开始。

5

记得在某个风和日丽的春日，我带你们去吼山看桃花。吼山游人如织，我们没有急于爬山，而是在山脚找了一片绿油油的草地，铺了几张报纸。然后，躺下来，晒太阳。

结束了一个漫长的冬天，一切都在春光明媚里活蹦乱跳起来。微风吹拂的空气中，有小草和泥土的清香，有桃花杏花盛开的芬芳。我和你们开玩笑说："牛顿为什么会在苹果树下发现万有引力？或许，在树下发呆，是人放松的时刻，思维更活跃吧。"

孩子，我应该还给你们"发呆"的权利，让你们有机会独处，有机会自省，有机会过一种自由的、自主的内心生活。我应该相信你们有能力管理自己的学习和生活。我不该总在你们耳边唠叨、催促，且不放过你们难得的"发呆"时间。

最后，我想送你们两句诗——"诗佛"王维《终南别业》中的"行到水穷处，坐看云起时"。

"行到水穷处"，是指一个人在走路，走到了水流干涸之处，就像我们每天忙忙碌碌，一直在行走。

"坐看云起时"，是指一个人坐下来看天上的云，就像我们停下脚步，发呆、冥想、思考，或者，什么都不想，就是好好休息休息。

如果我们一直在行走，不行；如果我们一直在发呆，当然也不行。两者之间，如何取得一个平衡，就看你们的智慧了。

2017.8.30

# 充满爱的庄严感

## 1

亲爱的欢、乐：

8 月 31 日，是中小学和幼儿园开学报到的第一天。

傍晚，你们背回一书包新书。

吃过晚饭，我们一起围坐在书桌旁，动手包书皮。

我自言自语道："妈妈小时候，外公帮妈妈包书皮。如今，我帮你们包书皮。其实，我们包的不是书皮，而是传承一种精神。"

你们好奇地问："什么精神？"

我想了想，回答道："一种充满爱的庄严感。"

## 2

我是 1987 年上小学的。

那个年代，流行用挂历纸当书皮。旧挂历"退役"后，就自动成了孩子们包课本的最佳选择。

我父亲是包书皮的高手。那时流行两种包法，一种是四角包，一种是三角包，父亲擅长前者。

经他的手打磨过的书皮，棱角分明，线条平直，就像给课本穿上了一件得体的外套，精神极了！

我最喜欢给父亲打下手，偶尔也会自己包几本。但不知为何，我包的书皮总是缺少精气神，就像被霜打过的茄子，蔫头蔫脑。

父亲说："这是因为你用力不够均匀，线条不够分明。"

父亲全神贯注地比画、裁剪、折纸的过程，在我眼里，充满爱的庄严感。

我默默地想："爸爸这么用心地帮我包书，我一定要好好读书，否则怎么对得起他呢？"

我不舍得让父亲包的书皮沾上一点点脏东西。因此，我会在书皮外面，再包一个塑料封面。

每学期结束时，卸下塑料封面和挂历书皮，里面的课本封面完好如初、簇新锃亮。

渐渐地，我认定，只要是父亲替我包的课本，这门课，我一定能学好。

我将这个想法告诉父亲，父亲哈哈大笑说："哪有那么神奇，是你的心理作用吧！"

这确实是一种心理作用，一种让我对课本、对学习充满敬畏的心理作用。

很多年里，我好好学习、天天向上的动力，就是来自这份敬畏。

### 3

不要小看这张书皮。

其实，包书皮不仅能防止课本磨损，让孩子像爱护自己的脸那样爱护自己的书，更是一场新学期开始前的仪式。

这个仪式可以让孩子意识到，从现在起，要收起放松了一个暑假的心，端正态度，投入到新学期的学习生活中。

在之后的学习中，孩子们看到书皮时，会自然而然地想起父母帮他（她）包书皮时的情景。那个情景里，是父母对孩子满满的爱和尊重。

庄严感离不开必要的仪式。仪式是什么？法国童话《小王子》里说，仪式就是使某一天与其他日子不同，使某一时刻与其他时刻不同。

## 4

你们加入少先队的那个仪式，让我难忘。

2012年9月5日和2015年10月13日，你们先后光荣地加入了少先队。

这两个日子，我赶到现场，亲手为你们戴上了鲜艳的红领巾。

那一刻，我对你们说："孩子，你真棒！妈妈祝贺你成为光荣的少先队员！"

你们点点头，沉浸在激动、自豪的心情中。

如果说十八周岁意味着一个少年成为成人，那么，七岁时加入少先队，意味着一个儿童成为少年。

这个仪式带来的庄严感，会帮助孩子告别幼儿园时的懵懂无知，使其逐渐成长为一个懂事明理的阳光少年。

5

能让人产生庄严感的仪式，不是为形式而形式的仪式，而是投入真情的仪式。

我们常说女孩要"富养"，其实，不管男孩女孩，精神上都要"富养"。

好的仪式，是给孩子最好的"富养"。

仪式不分大小，很多事情都可以成为家庭的仪式。

比如，每年过年时拍一张全家福，让孩子感受到大家庭的稳定和温暖。

比如，早上出门时互道"再见"和"开心"，让孩子感受到来自家人的祝福和爱。

比如，无论工作多忙，尽量争取一家人共进晚餐，在餐桌上聊聊彼此的所见所闻，让孩子学会倾听和倾诉，学会分享和分担。

比如，睡前安排一段亲子阅读时光，关灯前互道"晚安"，让孩子带着爱和温暖进入梦乡。

比如，参加孩子成长中的重要活动，让孩子相信，无论他在哪里，家人都会一直无条件地支持他……

从今天开始，让我们用心对待生活中那些看似平凡的小事吧。

比如，开学时，为你们认真地包一张书皮。

*2017.9.2*

三

理想情怀篇

# 找到让你"定锚"的价值

亲爱的欢、乐：

某晚，姐姐在家里朗诵了一首诗。这首诗的名字是，《最后一分钟》。

"午夜。香港。让我拉住你的手，倾听最后一分钟的风雨归程。听你越走越近的脚步，听所有中国人的心跳和叩问。……是谁在泪水中一遍又一遍，轻轻呼喊着那个名字：香港，香港，我们的心！"

读完，姐姐问我："妈妈，你能说说有关香港的故事吗？"

龙应台曾写过一篇文章，题目是《十八岁那一年》。文中，十八岁的儿子问龙应台："妈妈，你十八岁时在想什么？"

龙应台诚恳地回答："十八岁的我，生活在愚昧无知的渔村，不知道'阿波罗登月'，不知道环境保护，不知道交通规则，但，渔村的这些人，给了我一种能力，一种悲悯同情的能力，使得我在日后面对权力的傲慢、欲望的嚣张和种种时代的虚假时，仍旧得以穿透，看见文明的核心关怀所在。他们以最原始最真实的面貌存在我心里，使我清醒，仿佛是锚，牢牢定住我的价值。"

然后，龙应台问儿子："网络让你拥有广泛的知识，富裕使你们精通物质的享受，在这样的环境中成长，你们这一代人，'定锚'的价值是什么？终极的关怀是什么？是否其实有另一种'贫穷'？"

龙应台问儿子的"定锚的价值"，绝非当下各类选秀节目中，导师问选手的那句："现在，请告诉我们，你的梦想是什么？"而是，启发他思考未来漫漫人生路上，他要秉持的信仰和终极关怀，他将怎样和他所处的世界、时代和时空建立联系。

"定锚"，其实是一个人的价值探索，是形成自己的世界观、价值观、人生观。

一个人的价值观，好比茫茫大海上的灯塔，指引着夜航船在海上航行时不会迷失方向，又像停泊在港口的巨轮上的锚，牢牢锁定在岸边，不会被风浪吹走，不会随波逐流。

### 3

龙应台问儿子的这个问题，其实，我也一直在等待一个合适的时机，问你们。

当姐姐希望了解更多有关香港的历史时，我觉得，这个时机，正在到来。

身为一个中国人，要找到属于自己的"定锚"的价值，就必须首先了解历史。只有读懂了历史，才能读懂当下，读懂未来，才能构建起属于你的世界观、价值观和人生观。

今天，我想借助香港，带你们回首一下中国1840年以来走过的"苦难重重"的路。我相信，当你们真正读懂了这段历史，就会渐渐找到让你们"定锚"的价值。

坚定的民主战士、新月派代表诗人、学者闻一多，曾于1925年3月，在美国留学期间，创作了一首组诗《七子之歌》。这"七个孩子"，是指当时被帝国主义列强霸占的七块土地：香港、澳门、台湾、九龙、威海卫、广州湾（现广东湛江）和旅大（旅顺、大连）。

闻一多写下《七子之歌》的时代，正是中国处于无边黑暗的时代。山河破碎，风雨如磐。一幅著名的《时局图》，将西方列强瓜分蚕食中国的狼子野心表现得淋漓尽致。但，从昏庸无能的清政府到混战割据的军阀，都无法保全属于中国的神圣领土，任凭西方列强侵略、侮辱……中国，在泣血。

在闻一多笔下，这七个远离祖国母亲的"孤儿"一起哭泣哀号："母亲！我要回来，母亲！"

### 4

历史没有忘记那个屈辱的1842年8月。

那一天，清朝官员卑躬屈膝地登上停泊在南京江面的英国军舰"康华丽号"，在荷枪实弹的英国士兵环视下签署了中国近代史上第一份不平等条约——中英《南京条约》。条约规定中国的香港岛割让给英国，列强瓜分中国的序幕从此拉开。

1860年，中英签署《北京条约》，英国割占九龙半岛南端；

1898 年，清政府被迫签署《展拓香港界址专条》，"香港的姐妹"九龙半岛其余部分划为"新界"，租给英国九十九年。

1887 年，葡萄牙政府与清朝政府签署了有效期为四十年的《中葡和好通商条约》（至 1928 年期满失效）后，澳门成为葡萄牙殖民地，葡萄牙人从此强据了"莲花宝地"澳门。

1895 年，中日签署《马关条约》，"东海的一串珍珠"宝岛台湾及澎湖列岛割让日本。

1898，中俄签署《中俄旅大租地条约》，渤海湾畔的"孪生兄弟"旅顺和大连租借给沙俄帝国。

1898 年，中英签署《订租威海卫专条》，"防海的健将"威海卫租借英国二十五年。

1899 年，中法签署《广州湾租界条约》，"神州后门上的一把铁锁"广州湾被租让给法国。

到 1900 年，帝国主义列强已在中国土地上强行开辟商埠上百处，在十多个城市划定租界二十余处。

"中华七子"在英、法、日、俄等帝国主义列强的淫威下四散飘零。有一首诗代表了当时爱国志士们的心境："沉沉酣睡我中华，哪知爱国即爱家，国民知醒宜今醒，莫待土分裂似瓜。"

被列强掳去的"中华七子"，是民族罹难、国家浩劫的象征。它表明"国弱民受辱""落后就要挨打"；它警示国人"中华民族已经到了最危险的时候"。

日俄战争，竟在中国领土上开打。

托尔斯泰也看不下去了，写信给两国头目：你悔改吧！列强真的会悔改吗？不会，弱国无外交，已被踩死在脚下，喘不过气来。

5

一百多年来，一代又一代的中华儿女为了国家富强、民族独立挺身而出，抛头颅，洒热血，前仆后继，上下求索，谱写了一首首恢宏壮丽的历史诗篇。

中国人民不屈不挠追求统一的意志汇成不可阻挡的洪流。

1930年10月，中国收回威海卫。

1945年，中国人民战胜日本侵略者，10月25日，日本在台湾的最后一任总督安藤利吉在台北中山堂向中国政府递交投降书，台湾从此重归中国版图，结束了蒙受日本奴役的屈辱历史。与此同时，广州湾、旅顺和大连也相继回到祖国的怀抱。

1945年8月15日，中国人民经过十四年的艰苦抗战，付出了巨大的牺牲，终于同全世界人民一道，打败了日本帝国主义侵略者。

1949年10月1日，毛主席在北京天安门城楼上，向全世界庄严宣告："中华人民共和国、中央人民政府，今天成立了！"

从此，中国人民站起来了！中华民族再也不是一个任人宰割、被人欺凌的民族了！

毛主席那雄浑有力的声音，激荡着四万万中华儿女的心。他们的心，随着天安门城楼上那开天辟地的宣言，激动地跳跃着，喜悦的泪水从他们眼中夺眶而出。从此，美好的生活，终于向他们走来了。

紧接着，1997年7月1日，中国对香港（包括香港岛、九龙和新界）恢复行使主权。1999年12月20日，中国政府恢复对澳门行使主权。

"你可知 Macau 不是我真姓？我离开你太久了，母亲！但是他们掳去的是我的肉体，你依然保管我内心的灵魂……那三百年来，梦寐不忘的生母啊！请叫儿的乳名，叫我一声澳门！……母亲！我要回来，母亲！"

当九岁的澳门小女孩容韵琳，在 1999 年的央视《春晚》上献唱这首《七子之歌》之一的《澳门》时，这清脆嘹亮的歌声，唱出了多少海外同胞对祖国的魂牵梦绕……

## 6

1997 年 2 月 19 日，我清晰地记得，那一天，在高一的教室里，我们端坐在座位上，集体收听了中央人民广播电台关于小平同志逝世的噩耗。

当播音员怀着沉重的心情，缓缓地说："小平同志生前的愿望，是到香港的土地上走一走。"很多女同学哭了，包括我。

当时，距离香港回归，仅四个多月时间。

改革开放总设计师邓小平，是"一国两制"构想的伟大创建者。1984 年 12 月 19 日，小平同志和撒切尔夫人代表中英双方，在经历了两年的二十二轮谈判后，终于在北京签署《中英联合声明》。

历史课本中那张有些泛黄的邓小平和撒切尔夫人谈判时的合影，无疑是香港回归历程中，最为珍贵的历史瞬间。

最近，一直在读金一南关于中国近代史的一系列著作，如《苦难辉煌》《魂兮归来》《浴血荣光》等。相比"落后就要挨打"，金一南提出的"一盘散沙就要挨打"，更振聋发聩，更发人深省。

　　当我们置身澳门、香港、台湾等曾经被迫远离祖国母亲怀抱的城市，回首这段"一盘散沙就要挨打"的近代史时，我们对历史的感悟，历史对我们的启发，一定会更触动我们的灵魂。

　　不畏将来，但念过往。铭记历史，是为了让我们走得更明白。

2017.9.10

# 因为相信，所以相信

## 1

亲爱的欢、乐：

陪你们去玩迪士尼乐园时，最吸引我的是卡通花车游行。在欢快的音乐中，迪士尼家族的小动物们，憨态可掬地向我们招手，欢笑。

那一刻，我们完全沉浸在童话世界里，享受着"真、善、美"的美好和力量。我的心情，除了快乐，更有感动。为何童话会长盛不衰？因为，需要童话的，不只是孩子，更有成人。是童话，提醒我们即使长大了，也不要忘了真、善、美。

## 2

这让我想起，我刚到报社工作时遇见的一件事。有一天下午，我们新闻部接到群众报料，说是有一头母牛从运输车上逃走，在市区某条路上狂奔，现在被堵在路边角落里，让记者去现场采访。

编辑派我出发。我匆忙赶到现场时，看到一头惊慌的母牛，被交巡警、牛老板和围观群众堵在一个狭窄的巷子里，进退不得。经过半个多小时的僵持，牛老板等四人终于将母牛的鼻子牢牢拴在了垃圾中转站的铁栏杆上，然后操起家伙将它就地"正法"。

母牛被杀的瞬间，我实在不忍心看。作为一个普通群众，我很同情这头母牛，它其实是有灵性的，知道自己即将被屠宰，强烈的求生本能让它拼命逃跑，何错之有？但作为一个日报记者，我该从怎样的角度来报道这则社会新闻呢？

后来，和牛老板交谈过程中，一个细节吸引了我。这头母牛之所以要逃离运输车，一路狂奔，是因为它突然发现，本来和它在一起的小牛不见了。我突然想到，是否是母性的本能让母牛急火攻心，一路狂奔，试图尽自己最大努力找到小牛……

回到报社后，我久久没有下笔，拿捏不准该用怎样的立场、怎样的口吻来写这则新闻。最后，我是这样开头的：昨天下午4时许，一头即将走上"刑场"的母牛，发现小牛不见后，突然作临死前最后一搏，从梅山屠宰场突围，一路狂奔而去，试图找到小牛。最后，在海关对面的垃圾中转站，走投无路的母牛，带着未能找到小牛的遗憾，被牛老板就地"正法"。

我已经忘了，这个稿子最后见报是怎样的面目。我只记得，编辑老师看到我写的初稿，也说了一句："动物也有求生的权利，这头母牛在路上狂奔时，虽然对交通秩序带来了一定麻烦，但确实让人有些于心不忍。"

那一刻，我对自己的第一感觉有了自信。不管是否是新闻专业毕业，不管是普通群众还是记者，有些价值观是亘古不变的，比如尊重生命，比如心存善良。

### 3

曾经看到这样一个吸引力法则：你相信什么，就会吸引到什么；你怀疑什么，什么就会与你擦肩而过；你抱怨什么，什么事就在你身上发生；面对机会和挑战，不一样的意识，带来不一样的结果。所有目标的实现，离不开潜意识的推动，所有成功都是来自相信。

是的，总有这样一些普世性的价值观，值得我们一直相信下去。比如，对人性"真、善、美"的向往和坚持。

20世纪80年代，改革开放的春风吹绿了大江南北，整个社会洋溢着催人奋进的理想主义情怀。唱着"我从山中来，带着兰花草。种在校园中，希望花开早"等校园童谣长大的我，对"真、善、美"有一种真诚的相信。

如今，虽然身边有种种物欲横流、急功近利的现象，我们会感叹生活中有许多"假、恶、丑"，也会感叹我们是否"走得太快，把灵魂弄丢了"，但是，在心底深处，"真、善、美"的精神烙印会一次次让我们坚定信念，相信"假、恶、丑"或许只是时代发展过程中不得不走的一些弯路，相信道路是曲折的，前途是光明的。

### 4

我始终觉得，在你们的童年和少年，应该带着你们感受更多的真、更多的善、更多的美，让这些价值观成为你们人生的底色。今后，即使你们遭遇"假、恶、丑"，也只是一些表面的刮痕，不会改变你们的本色。就像一幅油画，如果底色是明亮的，即使上面暂时被黑暗覆盖，只需轻轻抹去，一定会重见光明。

相反，如果在你们的童年和少年，过早地告诉你们这个世界有多少"假、恶、丑"，告诉你们人心多么险恶、世道多么复杂，告诉你们出门在外，处处皆是陷阱，时时都需提防，或许，你们不容易上当受骗，但你们的眼前是否也就从此涂上了厚厚的黑色？将来，你们还能用善意的目光去看这个世界吗？

蒋勋认为，曹雪芹能写出《红楼梦》，是因为他的生命里有过一段单纯的时光。因此，多读几遍《红楼梦》，可以体会到作者一直在怀念人性中的那种没有任何心机的单纯。

## 5

因此，我一直觉得，大人不用总是担心，孩子太善良，会受伤受骗，怎么办。过早地带领孩子进入处处设防的成人世界，其实是提前结束了孩子的童年。

让孩子拥有天真烂漫的童年，让"真、善、美"在孩子的生命里留下厚重的底色，对孩子的一生来说，都是取之不尽、用之不竭的精神支柱。

当然，相信"真、善、美"，也不等于无知。等你们再大一些，我也会告诉你们一些保护自己的方法。

很欣赏作家刘墉写给儿子、女儿的《我不是教你诈》系列丛书，他从生活小事入手，娓娓道来，让孩子们明白"害人之心不可有，防人之心不可无"的道理。

孩子，只要你是简单的，世界就是简单的。一个相信真、善、美的人，或许会上当受骗，但不会被骗很多次。因为，连骗子都不会忍心再去骗你了。

　　曾经的相信，是因为没有经历。如今的相信，是因为经历了更多。

　　一个相信真、善、美的人，不是因为未曾见过假、恶、丑。而是，在阅尽千帆之后，依然觉得，这个世界上，真、善、美永远比假、恶、丑多一点，更多一点。

2017.9.30

# 英雄也要知道"出处"

*1*

亲爱的欢、乐：

你们还记得 2016 年那届由摇滚大咖崔健领衔的"迷笛音乐节"吗？那届音乐节，在古城绍兴制造了一场音乐的狂欢。虽然你们并不知道崔健是谁，但现场那种音乐的震撼，一样让你们兴奋不已。

不过，和震撼的音乐相比，让我更难忘的是音乐节的系列海报。请看——

其一：绍兴很有胆。两千五百年前，勾践告诉你：无兄弟，不摇滚。投醪劳师，一壶黄酒定乾坤。

其二：绍兴很有爱。九百年前，唐琬告诉你：无真爱，不摇滚。沈园遗梦，一壶黄酒酿痴情。

其三：绍兴很有范。五百年前，徐渭告诉你：无自由，不摇滚。桀骜不羁，一壶黄酒博古今。

其四：绍兴很有型。四百年前，张岱告诉你：无才华，不摇滚。诗意江湖，一壶黄酒话平生。

言简意赅的四张海报，道尽了一座城和一些人。今天，妈妈就和你们聊聊绍兴的历史和文化吧。

## 2

绍兴是一座神奇的城市。我们的脚下，是一片神奇的土地。

武侠小说里，一写到英雄和大侠，总会说一句"英雄不问出处"。

我想，英雄可以不问"出处"，但作为英雄本人，却要知道自己的"出处"。这个"出处"，不是身家门第，而是一种传承。

武侠小说中，是武林门派的传承；现实生活中，则是历史文化的传承。

历史文化需要传承，每个人都应明白自己国家、自己家乡的历史文化，特别是对于生活在绍兴这样一个拥有两千五百多年建城史的我们来说，了解绍兴的历史文化，是义不容辞的使命和责任。

## 3

"绍兴"这个名字，并非自古就有。

大禹治水告成后，在茅山会集诸侯，计功行赏，死后葬于此山。从此，茅山改名会稽山。

春秋时期，於越民族建立越国。越王勾践卧薪尝胆的故事，你们从小耳熟能详。公元前 473 年，吴王夫差战败自杀，吴国灭亡，越王勾践成为春秋时期最后一任霸主。

公元前 221 年，秦始皇统一天下，实行郡县制，在吴越设置会稽郡，会稽郡辖山阴等二十余县。

隋开皇九年（公元 589 年），废会稽郡，设吴州。

隋炀帝大业元年（公元 605 年），废吴州，置越州。

南宋建炎四年（公元 1130 年），宋高宗驻跸越州，于翌年改元绍兴，升越州为绍兴府。"绍兴"二字，取"绍祚中兴"之意，直至今日。

## 4

绍兴有座山，名叫府山。每当春暖花开，或是秋高气爽时，我们就喜欢去府山走走。

府山，又称卧龙山、种山，与绍兴古城内蕺山、塔山鼎足而立，以盘旋回绕、形若卧龙而得名。又因越国大夫文种葬于此，名种山。

公元前 490 年，越王勾践让越国大夫范蠡兴建越国古都。范蠡先选择在种山（今府山）东南麓兴建"山阴小城"，后又在小城以东兴建了"山阴大城"。府山是范蠡所筑山阴小城的核心，越王勾践在此生活了十九年。

当我告诉你们，从公元前 490 年算起，绍兴已有两千五百多年建城史时，你们一脸惊讶，觉得不可思议。

在中国大地上，绍兴虽然不是建城最悠久的城市，却是自建城以来城址格局基本未变、历史文脉始终延续的城市。

据考证，建于春秋时期的诸侯城市多达一百四十余座，但幸存至今的仅有苏州、曲阜、洛阳、开封、太原和绍兴等六处。而历经二千五百余年，至今城址不变，并且仍然是当地政治、经济、文化中心的，唯有绍兴与苏州两处。

这，堪称世界城市发展史上的一个奇迹。

## 5

两千五百年来，於越人民在绍兴这片土地上繁衍生息，孕育出了太多集天地之精华、日月之灵秀之人。他们群星闪耀，星光灿烂，就像一束从远古时代穿越而来的光，照亮了历史！

这些名字，你们应该知道并记得。他们是舜王、禹王、勾践、文种、范蠡、西施、王充、王羲之、谢安、贺知章、陆游、唐琬、王冕、马臻、王阳明、徐渭、张岱、章学诚、蔡元培、周恩来、鲁迅、周作人、邵力子、陶成章、徐锡麟、秋瑾、竺可桢、马寅初……

绍兴，用"人杰地灵""名人辈出"来形容，当属名副其实。

## 6

人杰地灵的地方，往往人文荟萃。两千五百多年的历史，让绍兴的每一块青砖都充满了故事，每一处河水都波动着灵性。绍兴，是一座没有围墙的博物馆，有太多文物值得我们去探寻。

你们听说过越州三绝吗？越州三绝，一曰越瓷，二曰越剑，三曰越镜。越瓷可以聚宝，越剑可以镇宅，越镜可以辟邪。

因为你们曾去参观青瓷博物馆，那就和你们聊聊越瓷吧。中国是世界上首创瓷器的国家，绍兴是中国青瓷的发源地。通俗地讲，就是"世界青瓷看中国，中国青瓷看绍兴"。

关于青瓷的起源、发展、成熟、巅峰，那是一部洋洋洒洒的青瓷发展史，绝非三言两语可以说清楚的。

关于青瓷的介绍，我听过的一句最形象的话是："青瓷的生命，是一系列遇见。只有当水遇见了土，土遇见了木，木遇见了火，再融入制瓷人满腔的期待、足够的耐心和对生命的敬畏，才有了最后的五行俱全之器——青瓷。"

是的，青瓷以土为骨，以水为血，在烈火中升华，历经七十二道磨难后，以宝石般的色彩和金属般的声音，呈现在世人面前，这多像我们生命的磨炼。

## 7

周恩来总理曾满怀深情地说："我是绍兴人。"

简简单单五个字，对绍兴这座城市的深情，已尽在其中。

孩子，我们脚下走过的青石板，或许曾被千年前的古人走过；我们沐浴着的阳光，呼吸着的空气，饮用着的舜江水，也都被千年前的古人共享过……

千年光阴，如白驹过隙。这样的历史，这样的文化，这样的缘分，不是每一座城市都能拥有的。

身为绍兴人，请问自己三个问题："我是谁？我来自哪里？我去向何方？"只有明白其来有自，才能走好未来的每一步。

请尽自己最大的努力，珍惜之，学习之，传承之。

2017.10.8

# 有一种信仰，叫"中国诗词"

1

亲爱的欢、乐：

寒假中，你们"追"完了中央电视台第二季《中国诗词大会》，大呼过瘾。前几天，逛书店时，你们特地买了《唐诗三百首》，在家玩起了"飞花令"。

看你们这么喜欢唐诗宋词，我甚是欣慰。晚餐桌上，我一时兴起，向你们背诵起了李白的《长干行》："妾发初覆额，折花门前剧。郎骑竹马来，绕床弄青梅。同居长干里，两小无嫌猜……"

《长干行》共三十句，一百五十字，是我初三毕业那年暑假诵读后记住的。如今，二十多年过去了，这首长诗依然历历在目，如在眼前。

你们很惊讶。其实，诗词都是押韵的，有一种天然的节奏感。童年和青少年时代记住的诗词，往往一辈子都不会忘。

## 2

我自小就喜欢诗词。

说不上什么原因，只是觉得，中国诗词里，包含了太多微妙细腻的情感。无论开心、生气，还是忧愁、悲伤，总能在诗词里找到对应的情感寄托。

青春年少，最是"少年不识愁滋味""为赋新词强说愁"的年纪。但即使是最深的心事，也可以在诗词的世界中找到倾诉。

于是，我不可救药地爱上了中国诗词。并一度以为，喜欢中国诗词，只是文学爱好者们的事。

但随着央视《中国诗词大会》的播出，随着越来越多的中国人开始重温那些曾经学过的古诗词，分享诗词之美，感受诗词之趣，从古人的智慧和情怀中汲取营养涵养心灵时，我开始觉得，中国诗词，并不只是"文学"这么简单、这么狭隘。

印象深刻的是《中国诗词大会》专家嘉宾、《百家讲坛》原主讲人蒙曼的一番话。她认为，《中国诗词大会》的走红，说明中国人"诗心不死"，中国人血液中流淌的诗词基因还在。一旦有一种形式把它展示出来，就会形成一种喷发。

是的，我忽然觉得，中国人的"诗心"，其实是一种对中国文化的认同。当这种认同感积累到一定程度时，就会形成一种更深刻的"信仰"。

## 3

"中国诗词是一种信仰"的想法，在海外游子身上，得到了越来越多的认同。

因为工作关系，我有幸认识了许多曾在海外留学、工作的高端人才，并和他们成了无话不谈的朋友。

和他们聊天时，他们常常会提到，刚到国外时，因为语言、文化等诸多差异，难免会感到寂寞、孤独。

记得有一位学大数据的博士说，西方人一到周末就去教堂做礼拜。不要小看做礼拜，其实，西方人的许多负面情绪，比如孤独、紧张、焦虑、生气等，可以在教堂里得到排解、疏通。这位博士不信基督教，当然不会去教堂。

那么，如何排遣思念祖国、思念亲人的孤独呢？从小痴迷古典文学的他，想到了中国诗词。从此，读诗词、写诗词，成了他独特的寄托去国怀乡之情的方式。

"想念家人时，我就用毛笔抄写马致远的《天净沙·秋思》。当写到'夕阳西下，断肠人在天涯'时，我的眼泪就这样'哗哗'地流下来了。似乎自己所有的情绪，都在这首小令里了。写完后，心情就会好受很多。"博士说，对于不信基督不信佛的他来说，中国诗词，就是可以陪伴他终身的信仰。

4

少时读《红楼梦》，对大观园里的"海棠诗社"很是向往。黛玉、宝钗、探春、湘云、宝玉等才女、才子们，将"吟诗作赋"当成一种游戏。秋天咏菊花，冬天咏大雪，即使吃螃蟹、喝美酒时，还不忘针对"螃蟹"这一主题，搞了一场赛诗会。

"孤标傲世偕谁隐，一样花开为底迟？"这句黛玉在咏菊花时信手拈来的诗，又何尝不是写黛玉其人的呢？

工作后，来到了绍兴这座千年文化古城。每次去兰亭，总会想起王羲之《兰亭集序》中"曲水流觞"的千古佳话。"是日也，天朗气清，惠风和畅。仰观宇宙之大，俯察品类之盛，所以游目骋怀，足以极视听之娱，信可乐也。"

直至今日，每年三月初三，绍兴都会在兰亭举办兰亭书法节，也依然保留"曲水流觞"的雅事。只是，如今的我们，还能像古人那样，端起酒杯，"绣口一吐，就是半个盛唐"吗？

## 5

孩子，中国诗歌，其实都是可以当作"歌"来唱的。

比如，李白在酒桌上写的《将进酒》："岑夫子，丹丘生，将进酒，杯莫停。与君歌一曲，请君为我倾耳听。"在送别时写的《金陵酒肆留别》："风吹柳花满店香，吴姬压酒唤客尝。……请君试问东流水，别意与之谁短长。"都是可以引吭高歌的。

当有人说"天若有情天亦老"时，你能脱口而出"月如无恨月长圆"吗？或者"世间原只无情好"？或者"人间正道是沧桑"？

如果你能，是不是会觉得，你的人生，多了一点文化，一点底蕴，更重要的是，打开了一种人生格局，看到了别人或许未曾看到的更悠远、更广阔的世界？

孩子，以中国诗词为核心的古典文学以及一切历史文化，是我们每一个中国人必须有所了解的"文化信仰"。当我们拥有了这份信仰，我们会活得更自信，看得更明白，走得更久远。

布衣暖，菜根香，最是诗书滋味长。愿中国诗词，能走进你们的生活，融进你们的血液，陪伴你们一生。

2017.10.12

# 学考古的人，也可以很潇洒

1

亲爱的欢、乐：

　　某晚，睡前聊天。因为你们最近喜欢白居易的《长恨歌》，我就和你们聊了唐玄宗、杨贵妃和安史之乱。

　　然后，姐姐忽然认真地说："妈妈，我将来上大学也要报历史系。"我说："好啊！"姐姐还说："高中选课时，我要选历史、地理、生物。"我问为什么，姐姐说："学历史可以了解过去，学生物可以了解自己，学地理可以了解世界。"我说："带着兴趣去学习，会有一种快乐的动力。不管学什么专业，都好。"

2

　　如果一个人能明白自己喜欢什么，且不需要为迎合社会热点去学，我觉得，是一种社会的进步。

　　大学时，我就读的是历史系。

　　世纪之交的历史系，是冷门得不能再冷门的专业了。那

· 152 ·

时，流行的是法律、经济、贸易、会计、新闻等专业，我工作时特别抢手。而历史呢？就像被打入冷宫、不受待见的白头宫女，一毕业就面临着失业的尴尬。

厦大历史系有两个专业，一是历史学，二是考古学。我选择了历史学。

考古班就在我们隔壁，全班仅十四人，其中，女生五人。考古学，无疑比历史学更小众，更冷门。

当我们偶尔叹气，抱怨就业有多难时，最好的自我安慰的方法，就是拿考古班作参照。反正考古班比我们更冷门，他们能找到工作，我们也总能找到工作的。

在那时的我看来，学考古的人，真是够清苦，够不容易的。

3

第一次觉得学考古的人也可以这样帅的，是看成龙的《神话》时。影片中，他饰演考古学家Jack。

之后，又看了成龙的《十二生肖》和《功夫瑜伽》，他一如既往地饰演考古学家Jack。我忽然有种错觉，成龙大哥转行成为考古学家了，且转行得很成功。

当我看到成龙饰演的考古学家Jack，在电影中十分专业地运用各种高科技考古技术，成功抢救一件件珍贵文物时，感觉他那言谈举止，简直帅呆了！

原来，干考古这一行，竟可以这样有魅力。

先是2005年的《神话》。这是成龙第一次尝试古装史诗风格的电影。片中，身为考古学家的Jack，因为一张秦朝时的美女画像，穿越时空，重返大秦王朝，解开了西安秦始皇兵马俑的秘密，并一度去了印度 Hampi 世界文化遗址……

我开始隐隐觉得，干考古这一行，并不一定清苦，也可以很潇洒，很 happy。

时隔七年，2012年，成龙再度以考古学家身份出现在电影《十二生肖》中。这一次，他让我们大开眼界，领略了一系列高科技手段。

比如，3D打印技术，我是在这部电影里第一次看到的。Jack用这一技术复制了被八国联军抢走的圆明园十二生肖兽首中的四个。经历一系列惊险局面后，终于成功寻回兽首，带回中国。

这一次，我为 Jack 点一百个赞，并大呼过瘾。看来，干考古这一行，兹事体大，功在千秋！

最近看的成龙电影，是2017年春节期间的《功夫瑜伽》。

这一次，毫无悬念的，他依然饰演考古学家 Jack。影片一开始，Jack 带领一批研究生在西安秦始皇兵马俑墓葬群现场做研究。他将一种新研制的试剂喷涂在兵马俑表面，然后扫描，录入计算机，在计算机里分析兵马俑的原料成分。

这样的研究，真是大有可为，让人心驰神往。

### 4

看完这些电影，我终于完全明白了1999年9月厦大历史系主任给我们大一新生讲的那番话。

系主任大致说了三层意思。

第一层意思，专业没有冷、热之分，关键看你能学到什么程度。比专业的冷、热更重要的是，你喜欢这个专业吗？

　　第二层意思，专业的冷热，是相对的，动态的。历史、哲学等人文基础学科，虽然现在不够被重视，但这个现象是暂时的。随着中国社会经济的发展，这些学科一定会越来越被重视。在发达国家，历史、哲学、艺术等学科是极其被尊重和重视的。

　　第三层意思，学历史，不仅学史实，更重要的是学一种思维，一种历史辩证思维。当你掌握了这种思维，你将终身受益。

　　我想说，我很幸运，大学选择了历史系。

　　当我听到成龙在电影中自我介绍"你好，我是Jack，毕业于某某大学历史系"时，我有一种莫名其妙的自豪感。学历史，学考古，终于可以"扬眉吐气"了。

*2017.10.24*

# 爱上一件事后，你会成为"傻"姑娘

## 1

亲爱的欢、乐：

"忽如一夜春风来，千树万树梨花开"，一千多年前写下这句诗的唐代诗人岑参，如果穿越到现在，看到雨后春笋般争先恐后冒出来的数千万公众号，想必会哈哈大笑："老夫颇有先见之明哪。"

活跃的公众号背后，是这样一群人——一群以码字为乐趣的人。

请注意，是乐趣，而不是生计。这其中的差别，不是不完全一样，而是完全不一样。

## 2

这群人，白天依然在职场上奔波打拼，但夜晚或休息时间，她们会画风突变，成了"酱紫"——

她们会随时随地专注于码字。那种正襟危坐在办公室里，对着电脑苦恼不堪码字的场景，一定不会发生在她们身上。因为，对她们来说，码字是一种享受。

如果你在饭店吃饭，一不小心发现隔壁桌有个女生在笔记本电脑上"噼里啪啦"，或者在手机屏幕上"键字"如飞；如果你在无聊的堵车大军中，举目四望，看到隔壁车驾驶座上有个女生正低头在手机上快速打字，还不时傻笑或自言自语；如果你逛商场，看见有个女生坐在试衣间门口埋头写着什么……那么，这些女生很有可能就是某公众号博主了。

3

在不码字的人看来，她们是一群不折不扣的"傻姑娘"。

明明白天上班忙了一天，累了一天，晚上还不好好休息休息？约三五好友吃吃饭、喝喝茶、泡泡酒吧、喝喝清咖；或去健身房里跑跑步、出出汗，外加跳个广场舞；再不济，躺在被窝里追个热播剧啥的，想要多舒服，就有多舒服！干啥不好，偏要码字？那不是脑袋进水了吗？不是明摆着自己给自己找罪吗？

看着这群"傻姑娘"执迷不悟地在那里写写写，不码字的小伙伴们实在看不下去了，善意地提醒："哎，我说那个啥，你这样写有稿费吗？如果没稿费，有这个力气，还不如学点英语啥的，至少将来出国旅游什么的，还能用得着。"

"傻姑娘"们敲击键盘的手，并不会因为这些善意的提醒而停下。她们莞尔一笑，说："你没码过，所以你不懂码字的乐趣。而我码过后，已经不求你懂了。"

4

我自己也是在成为"傻姑娘"后，才明白了"傻姑娘"们的乐趣。曾经不相信平安夜都会静下心来码字，如今，信了。

就在刚过去的平安夜，我和爸爸带你们去火锅店饕餮了一番。末了，走出火锅店，你们问："接下去有啥节目呢？"我不假思索，脱口而出："没了，打道回府，我还要码字呢！"

就因为这句真心话，我立马成了全家的"另类"。你们爸爸上上下下打量了我一遍又一遍，小心翼翼地问："你没事吧？"你们笑抽了筋，说："老妈，平安夜写稿子，亏你想得出来。"

结果，我被你们拖去逛了两小时商场和超市。可怜我"身在曹营心在汉"，虽然满眼看到的是"满100送50""买一送二"，但心心念念的，却是那些等着我去码完的字。

好不容易被允许回家了，我立马冲进书房，"六亲不认"地开始码字。当我写完《你不说，我怎么知道》时，那种痛快，真是比晚餐时吃最鲜嫩的吊龙牛肉都要爽啊。

5

曾经的我，和所有爱美的姑娘一样，有一个雷打不动的爱好——逛街。但是，自从成为"傻姑娘"后，爱美依旧，却不再爱逛街。

曾经一直不明白男人为何不喜欢逛街，现在明白了。因为，男人普遍比女人理性，他们早就一眼看穿，逛街是对时间的最大浪费。特别是无所事事、漫无目的、不是为了买东西而只是想随便看看的逛街。"女人就是傻，才会对逛街这件事执迷不悟，呵呵。"男人们心里不屑地想着。

我倒不是觉得逛街没意义，而是觉得这个时间成本确实有点高。如今，我成了一个靠网购活着的人，用手机一键搞定春夏秋冬四季行头。那个效率，真是杠杠的。

曾经，每到换季时，我特别喜欢折腾家里的衣柜，就像举行阅兵典礼一样，不厌其烦地将各季衣服翻出来检阅一遍，当季衣服放最显眼处，过季衣服则退居二线三线，分类摆放。如今，我对这些"六宫粉黛"似乎没啥兴趣，看都懒得看一眼，大有将它们通通打入"冷宫"之嫌。

一个同样爱码字的"傻姑娘"说过一段类似的话："我唯一愿意的，就是坚持努力写，可能我的方式并不是最好的，但我愿意删掉自己曾经最爱的游戏，也愿意放弃不必要的逛街，舍弃无意义的应酬，只是为了在工作之余，做一点自己喜欢的事——读书和写作。"

或许，"傻姑娘"们就喜欢简单的生活，用尽可能少的时间，搞定自己的一日三餐和全身行头。因为，时间真的很宝贵。有那闲工夫，还不如多码几个字哩。

## 6

真的就是因为喜欢，当你真心喜欢一件事，是会上瘾的。

孩子，妈妈希望，你们也能找到一件能让你们变成"傻姑娘"的事。人生短暂，若能有幸"变傻"，妈妈要恭喜你们，因为你们已经找到了人生的方向。

忽然想起宋祖英那首歌——《长大后我就成了你》，套用她的歌词，我想说："小时候，我以为你很神秘，写着白纸黑字，惊天动地。长大后，我就成了你，才知道那个键盘，敲出的是快乐，洒下的是真情。"

为了这份真情、这份快乐，我愿心甘情愿继续当一个"傻姑娘"。

*2017.12.25*

# 我能说，正月初一，我还是想读书吗

## 1

亲爱的欢、乐：

寒假快结束时，你们问我："妈妈，我想写一篇关于读书的作文，怎么写？"

孩子，在写这篇作文前，我还是继续和你们聊聊我对书的喜爱吧。

正月初一，坐在院子里，晒着太阳，嗑着瓜子。亲戚们在打牌，聊天。我很自然地从包里掏出一本书，但又忽然想起，今天是正月初一，是不是该和大家一起乐和乐和？

其实，对我来说，读书，是最好的享受，也是最好的休息。

## 2

这些年，身边爱读书的朋友，越来越多了。

我认识一位本地的女企业家，她对读书的痴迷，会让你难以置信。

刚认识她时，直觉就告诉我，她和一般的企业家不一样。

在她身上，有一种纵横捭阖的大气和从容不迫的淡定。

你可以装高大上，摆阔气，但大气和淡定，是装不出来的。

这份气质，很大程度上，来源于她的爱读书。

你相信吗？仅2016年一年，她就读了一百五十本书。请注意，不是五本，不是五十本，而是一百五十本。

很多人问她："你管理着那么大的一家企业，每天那么多事情，怎么可能读那么多书？"

她淡定地回答："怎么不可能？我所有的碎片时间，都不舍得浪费。2016年，我飞了十四万公里。我将在飞机上的全部时间都用来读书。每天坚持读经十五分钟，读英语半个小时……一年下来，收获很大。"

### 3

有这样一个段子。

儿子问爸爸：我为什么要读书？

爸爸说：我这么跟你说吧！你读了书，喝这款茶的时候就会说："此茶口感饱满纯正，入口即化，圆润如诗，随之而来的是持久迅猛的回甘。茶汤澄黄透亮，幽香如兰，韵味十足，是难得一见的茶中佳品！而你没读书就会说："啊，好喝！真太好喝了！"

不得不承认，写段子的人，都是高手。这个段子，貌似无厘头式的插科打诨，其实道出了读书和不读书的区别。

蒋勋曾说，读书，并不是要将读过的每一本书都刻意记住，而是毫无功利心地慢慢读下去。即使读完后忘了，也没有关系。有一天，当你遇到一些事情时，你会用你的经历、阅历、学识从容应对，那么，你曾经读过的那些书，已经真正属于你了。

4

某个暑假，我曾带你们去宁夏沙坡头玩。

沙坡头北接腾格里沙漠，南临黄河，集大漠、黄河、高山、绿洲于一身，兼具西北风光之雄奇和江南景色之秀美。

那天傍晚，夕阳西下。我和你们伫立沙坡头，近看咫尺之遥的沙漠和黄河，远眺即将隐没在大山深处的落日。

此情此景，让我忽然想起了唐代诗人王维在《使至塞上》中的经典名句——大漠孤烟直，长河落日圆。

一千多年前的旷世才子、有"诗佛"之誉的王维，在塞外看到的景象——浩瀚无垠的大漠上，一股孤零零的浓烟拔地而起，笔直冲上云霄。一望无际、横贯千里的黄河上空，一轮红日孤悬欲坠，那么浑圆，那么深沉——和一千多年后平凡如你我看到的，或许并无二致。

这，就是文字的力量，就是读书带给我们的震撼。

5

《我的心里住着一个孩子》收录了我写给你们的五十封信。其中，第一封信，就是和你们聊读书。

我在开头写道：如果说有一样东西，无论你开心、忧伤，抑或烦恼、孤独，它都会无怨无悔地陪伴你，那么，我首先想到的，就是书。如果今生选择与书为伴，那么，这一辈子，你的精神世界都不会陷入绝境。

　　我在结尾写道：人生路上，朋友或许会辜负你，但我们读过的书，度过的时光，不会辜负你。你的身上，会有你曾经读过的书的味道。孩子，愿你们喜欢并享受这种味道。

　　这封信，就是《唯书和时光不可辜负》。

6

　　曾教授我们历史文选课的厦门大学历史系教授王日根老师说："读书，每一个人都需要，若能有幸成为职业，则是一种奢侈。"

　　是的，不管我们从事什么工作，读书，都是一种必需品。

　　我们想要过一种怎样的生活？我们将以怎样的状态行走在这世上？很大程度上，取决于我们读不读书，读多少书。

　　请留一点时间给自己，捧起书，开始阅读吧。

2018.2.22

# 用什么抵抗岁月流逝

1

亲爱的欢、乐：

据说，一个女人老了的标志，不是年龄，而是她不再爱美。

不再爱美，或许就是对自己不再有所要求，也就是放弃了自己。一个连自己都放弃了的人，自然也会被岁月放弃。于是，她就老了。

当然，这个"老"，更多的是指"心理年龄"。一个满头银发却精神矍铄，对生活依然充满热情和向往的人，我并不觉得她老。因为她身上依然有一种旺盛的生命力。比如《红楼梦》中七十多岁的贾母。

那么，我们拿什么对抗岁月流逝？答案有很多种，我的答案是：对自己有要求，对未来有追求。

2

最近看到一张董明珠参加同学会时和老同学们的合影。照片中，六十二岁的董明珠精神矍铄，神采飞扬，实际年龄最大

· 165 ·

的她，反而是同学中显得最年轻的一个。

有人问董明珠保持年轻的秘诀是什么，她说，她并没有刻意保养，只是一直有事做，一直有梦想。

不管是带着格力走进世界 500 强，还是看好新能源汽车行业，和王健林一起收购珠海银隆，她一直风风火火，信心满满。财富中文网发布 2016 中国最具影响力的二十五位商界女性榜单，毫无悬念的，董明珠荣居榜首。

"一直有事做，一直有梦想"的董明珠，内心坚定，生活充实，身体和大脑始终保持高速运转。这样的女人，可以完全无视岁月的流逝，是不会老的。

对女人而言，有追求、有梦想，是让自己保持年轻的最好的胶原蛋白。

3

记得六神磊磊曾写过一篇题为《读书是我最成功的一次投资》的文章。

文中，他这样写道："在我们小的时候，书被分成两种，有用的和没用的。如果它叫语文、代数、几何，或者什么国学、世界名著精选之类，它就是有用的；如果它叫金庸，以及其他杂七杂八的书，那么就是没用的。可是今天，回望过去，我发现一个事实——自己读过的所有的书，通通都是有用的。不管是红色的还是黄色的，是激进的还是温和的，是讲人与人的还是人与兽的。"

这段话，其实就是"你的气质里，藏着你读过的书"。

写作，不仅可以表达你想表达的，还可以改变你想改变的。即使无法改变外在的世界，至少可以改变内心的世界。

"对自己有要求，对未来有追求"的前提是，你要真心喜欢一件事。只有真心喜欢上一件事了，才会有持续的追求和热情。

4

崔健说："不是我不明白，这世界变化快。"

是的，我们不是因为变老了而停止学习，而是因为停止学习而变老了。因为，当我们停止了学习，就再也难以跟上时代变化的步伐。这时，即使我们生理年龄不老，心理年龄也已经悄然变老。

学习，可以是阅读，也可以是学一样新的爱好、新的特长、新的技能。比如才女徐静蕾，又是演戏，又是导演，又是办杂志，够忙了吧？但她最近几年又学了一个新技能——做裁缝。

她花了两年多时间，一针一线做了二百多个手工包包，几百件小饰品。当人们讶异她哪来的那么多时间，她只是淡淡地说："无论演戏，还是拍片，收工时，无论几点，总要做两个小时手工再睡觉。慢慢发现，做手工居然是最好的休息。专下心去，什么事都忘了，满脑子都是那些好看的布料、珠子，特美。"

或许，一个对自己有要求、对未来有追求的人，在"学习"这件事上，永远都不缺时间。想想也是，只要你想学，任何时候开始都不嫌晚。或许，当你觉得为时已晚，恰恰是最早的时候。但是，如果你始终不迈出这一步，那么，一年后的你，还是原来的你，只是老了一岁。

5

随着年岁渐长，渐渐明白了哪些是值得我们坚持一生去做的事，哪些是不该放纵自己虚度光阴的事。

有一个判断的小方法，就是当我们做了这件事，且坚持了一段时间后，觉得更喜欢现在的自己，那么，这件事就是值得去做的。

鲁迅先生说："使一个人的有限的生命，更加有效，也即等于延长了人的生命。"

尼采先生说："每一个不曾起舞的日子，都是对生命的辜负。"

孩子，愿独一无二的你，不辜负生命。愿你风雨无阻，年华无欺，有事做，有梦想，用对自己的要求和对未来的追求，抵抗岁月的流逝，活出精彩的每一天。

2018.3.1

# 有一种人生，叫作"有底气"

## 1

亲爱的欢、乐：

最近，妈妈有个喜欢并擅长写作的同事辞职了。她决定做一个自由撰稿人，写个人公众号和媒体专栏。她说："我相信，我能靠文字养活自己。"

许多同事评价她有勇气，但我，更愿意评价她"有底气"。

或许，按部就班的生活过久了，就像戴着一个救生圈游泳。久而久之，对这个救生圈有了越来越多的依赖。不再敢轻易摘下这个救生圈，也不再相信自己有独立游泳的能力。于是，带着救生圈过一生，成了我们的常态。

而那些愿意改变现状的人，是有底气的人。有底气的人，任何时候都相信："即使没有救生圈，我一样可以活得很好。"

## 2

一直欣赏两位女性，一位是杨澜，另一位是董明珠。

杨澜，是我们这一代人的青春记忆，我可以说是看着她的节目长大的。记得 1990 年至 1994 年间，她和赵忠祥一起主持《正大综艺》，家喻户晓，是央视的"金字招牌"。

那四年，刚好是我的小学和初中时代。每到周末，我们一家人就会准时守候在电视机前，跟着杨澜和赵忠祥"周游世界"。父母喜欢赵忠祥的成熟稳重，我喜欢杨澜的聪慧亮丽。这对充满了幽默和智慧的黄金搭档，为当时精神食粮并不丰富的我们带来了无限快乐。

记得当时你们外公边看节目边对我说："将来你长大了，如果也能当上记者，去全国各地采访，该有多好！"

于是，杨澜成了我的偶像。

3

让千万观众没想到的是，1994 年，杨澜在《正大综艺》巅峰时刻选择了急流勇退。离开节目，离开央视，远赴美国哥伦比亚大学攻读国际事务硕士学位。大家以为她是被"出国热"冲昏了头脑，以为她想移民美国了。

可是，两年后，在美国完成了学业的她，再次不按常理出牌，坚定地回到了国内。

在美期间，美国第一大报《纽约时报》头版曾用很长篇幅报道了杨澜的个人专访。美国 ABC、CBS、NBC 等三大电视网先后邀请她去任职，并提供优厚的待遇。她是有机会留在美国的。可是，她说："不是自己的国家，即便再成功，心中都不会满意。"她毫不犹豫地回国了。

既然两年后选择回来，那么两年前又为何要出去？杨澜的选择，让许多人看不明白。

## 4

直到她 1996 年 12 月出版了散文集《凭海临风》，这一切，才有了答案。

当时正读高一的我，第一时间去买了这本书。记得杨澜的先生吴征为此书写的序言中，有这样一句话："杨澜是一个很固执的人，她对自己要追求的东西是毫不含糊的。"

她选择去美国深造，是明白要想在竞争激烈的媒体中存活下去，必须不断提升自己的核心竞争力。她选择回国工作，是明白自己的根在中国，自己的精神家园在中国。

其实，这一切选择，都来自她的底气。她清楚自己要什么，也坚信凭借自己的努力和实力，一定会得到自己想要的。

## 5

事实证明，她的每一次选择，都在向自己的梦想靠近。

1996 年回国后，加盟香港凤凰卫视，开创中国电视第一个深度高端访谈节目《杨澜访谈录》，至今已访问过全球八百余位人物，在全球华语观众中具有颇高影响力。

1999 年，创办阳光媒体集团。2000 年，创建第一个以历史文化为主题的卫星频道——阳光卫视。2005 年，创办《天下女人》访谈节目。2009 年，创办国内首家高端定制珠宝品牌 LAN。

工作如此繁忙的她，却总是神采奕奕地说："我总是越采访，越精神。"

从《凭海临风》开始，到最近几年的《一问一世界》《幸福要回答》《花开在人海》《世界很大，幸好有你》，杨澜通过一本本书，向我们展示了一个"活出自己"的女性的精彩。

6

今天刚看了一篇关于董明珠的文章——《谁说女人的光彩，只有温柔贤淑这一款》。文中，鲁豫对董明珠的评价是："董明珠是一个自由的人。她始终只有一个标准，从不改变。别人对她的看法根本左右不了她。"

我想，无论是杨澜，还是董明珠，她们之所以能始终坚持一个标准，不受外在看法的影响，是因为，她们清楚明白自己是什么，有什么，要什么。她们内心坚定，有事做，有梦想。

她们的人生，是"有底气"的人生。

*2018.3.15*

# 这世上，没有比书更便宜的东西了

亲爱的欢、乐：

　　某晚，姐姐递给我一张书单，说："妈妈，这是老师推荐的高年级阅读书目。"我接过书单一看，惊觉现在小学高年级孩子的阅读量比我们小时候厉害多了！

　　书单中，有老舍、季羡林等当代大家的文集，有《红楼梦》《水浒传》《三国演义》《西游记》等古典文学名著，有《傲慢与偏见》《悲惨世界》等西方文学名著……

　　我汗颜。其实，四大名著中，我真正好好读过的，只有《红楼梦》，其他三部，都是看央视同名电视连续剧时，随手翻了翻，并未细读。

　　我照例把书单加入了购物车，一批新的精神食粮，在路上了。

## 2

　　六神磊磊说："我这个人，不懂赚钱，不懂投资，但是读书，是至今为止我最成功的一笔投资。所以，给一个孩子书，是最大的帮助。让他喜欢阅读，是最好的慈善。"

我曾给你们写过一封信——《唯书和时光不可辜负》。我告诉你们，20世纪80年代，是一个物质生活普遍清贫的时代。我家也不例外。不过，即使父母工资微薄，但家里买书、订报的开支，父母却从来没有省过。

我记得，你们外公特别喜欢《钱江晚报》，年年订阅。《钱江晚报》上有一个小说连载专栏，编辑的眼光和品位很好，选的小说都很好看。印象最深的就是《北京人在纽约》，每天一千多字，我和你们外公像追剧一样追着看。

我脑海中的画面是这样的：傍晚下班回到家，爸爸腋下一定夹着《钱江晚报》。我总会抢先拿过来，直接翻到小说连载栏目，如饥似渴地一口气看完。你们外公在一旁催："来来来，给我也看看。"看完后，我们会热烈讨论接下去的情节会怎样。王起明、郭燕、阿春……牵动着我们的心。

现在回想起来，在我从小到大的成长过程中，你们外公外婆在买书、订报上花的钱，是最有意义的开支。

3

我一直觉得，这世上，没有比书更便宜的东西了。

很多时候，一份报纸、一本书的价格，仅相当于一场电影、一杯饮料的价格。但依然有很多人，在享受美食大餐时，丝毫不觉得贵，但面对一本几十元的书时，却觉得太贵。

于是，有许多人，喜欢向朋友借书。在这方面，我是一个"计较"的人。我基本不愿意借书给别人。为什么呢？

一是我买的书，一定是我喜欢的书。一本书就相当于一个朋友，在买它回家的那一刻，就开始了彼此的陪伴。读者和作者之间，是可以心有灵犀的，是可以穿越时空，也可以惺惺相惜的。我在阅读这本书的过程中，有我的阅读体验。因此，这本书一旦被借走，而且很可能不再归还时，即使再去买一本同款的书，也无法代替曾经的阅读记忆。

二是好书需要反复阅读。我书柜中的书，大多数都是读过不止一遍的。就像牛的反刍，不断咀嚼，反复消化后，才能真正吸收。有些书，读的次数多了，我基本能说出某一段文字，在某一个章节某一处。比如，《红楼梦》。我手头这本岳麓书社1988年出版的《红楼梦》，定价十八元，购于1997年，已经陪伴了我整整二十年，且将继续陪伴下去。好书，就像一个老友，在书柜中静静地等着你，欢迎你随时和他去叙叙旧、聊聊天、唠唠嗑。

我鼓励朋友们买书，或者，办一张图书馆的借书证，到图书馆借书。近日和一同样爱读书的朋友聊天，她说她在图书馆办了一张"豪华版"借书证，一次可以借十本。回家后粗粗翻一遍，遇到喜欢的，就上网买来精读。这样可以避免买到品质一般的书。

## 4

想要了解一个人的知识结构，只要看他的书柜，就大致知道了。

几年前，去参观一个朋友的新居。她的书柜中，密密麻麻放着大部头的《四书五经》《孙子兵法》《二十五史》等书，我佩服得五体投地："能啃这些经典的，都不是一般人啊！"她哈哈大笑，说："哪里，我看这些书又大又便宜，用来装饰书柜最划算。"一句话，把我笑晕在原地。

我想起了杨绛在《我们仨》中回忆的一个细节，圆圆年幼时，不认字，但喜欢学爸爸妈妈的模样，拿一支笔和一本书，一边在书上画，一边口中念念有词。于是，杨绛就在书摊上买了一本百万字的英文医学著作，密密麻麻全是字，还有插图。圆圆喜欢得不得了，足足画了一个月。

原来，书还有阅读之外的价值。当然，这是玩笑话。

书的真正价值，只有在阅读它的时候，才能充分体现。真正的阅读是指，你忘记周围的世界，与作者一起在另外一个世界里快乐、悲伤、愤怒、平和。它是一段段无可替代的完整的生命体验，不是那些碎片的讯息和搞笑的视频可以取代的。

## 5

我想起了一个小故事。

有一个教孩子架子鼓的朋友，喜欢我的《我的心里住着一个孩子》。

他在朋友圈里发了这样一段话："除夕当天，预订《我的心里住着一个孩子》的同学，送鼓一套。"

我留言说："架子鼓很贵，应该是买鼓的孩子，送书一本吧。"

朋友回复说："如果能细细品味书中这五十封信所蕴含的能量，价值无限。"

谢谢朋友，读懂了这本书。

2018.3.29

# 读书，其实就像追星

## 1

亲爱的欢、乐：

常有喜欢读书但又苦于没有时间的朋友问我：书太多了，不知该读哪本好？

确实，古人云：皓首穷经。如今，即使穷尽一生的时间去读书，一辈子也无法读遍所有想读的书。

那么，该怎么读呢？

我的答案是：像追星一样，从自己的兴趣出发，找到自己喜欢的作家，构建一个属于自己的知识体系。

## 2

陪你们去书店买书，我教你们的选书方法，就是找到自己喜欢的作家，看遍他写的所有书。

你们喜欢杨红樱、沈石溪、曹文轩、梅子涵、秦文君、郑渊洁……在这些作家的专柜前，你们可以一站几个小时，一本接着一本读。

最近，乐乐在读罗广斌、杨益言的《红岩》，欢欢在读林海音的《爸爸的花椒糖》……

我相信，随着阅读量的扩大，你们喜欢的作家会越来越多，就像池塘里的涟漪，一圈一圈不断荡漾开去。

平时不喜欢唠叨的我，却常常对你们念叨一件事："书是你们最忠实的朋友。只要你用心读过，它们就会属于你。任何人都拿不走。"

### 3

回顾我三十多年的阅读时光，简直就是一部"追星史"。

从小到大，我喜欢过太多作家。小学时喜欢曹雪芹、琼瑶，初中时喜欢席慕蓉、余光中，高中时喜欢刘墉、余秋雨、张爱玲……

大学时喜欢的作家就更多了，有黄仁宇、林达、费孝通、唐德刚、白先勇、余杰，还有费正清、史景迁、孔飞力……

对于这些喜欢的作家，我总是试图找遍他们所有的著作，一本一本读下去。

找到了对的人，就找到了对的书。

阅读过程中，他们还会推荐其他作家的好书。于是，爱屋及乌，按图索骥，继续去找他们推荐的书看。

如此，则无穷无尽，绵延不绝。

### 4

4月23日，世界读书日。那天，我百度了一组数据。

中国成年人年平均阅读量不足五本，与之形成鲜明对比的是，以色列、德国的成年人年平均阅读量均在五十本以上。

为什么我们许多成年人不爱读书？我想，一是应试教育的经历，让我们对读书有了恐惧或厌恶心理，二是没有找到自己喜欢的作家。

其实，为考试而读书，和为兴趣而读书，是两种完全不同的阅读体验。

不需要为了应付考试的读书，才是读书的乐趣所在，才是真正渐入佳境。

或许有人会问：既然不需要应付考试了，干吗还要读书？

我的体会是，只要我们对这个世界还心存好奇，我们就需要读书。

让我们想象一个由无始无终的时间和无边无际的空间构建起来的坐标轴，人类置身其中，何其渺小。想要冲破肉身的局限，去了解过去和未来，唯一的方法，就是读书。

## 5

最后，说说我最近在"追"的三位作家：

一位是蒋勋，重温他的《蒋勋说红楼梦》。

一位是沈从文，读他的《中国古代服饰研究》。

一位是尤瓦尔·赫拉利，读他的《人类简史》《未来简史》……

孩子，当你用追星的心态去读书时，会有意想不到的收获哦！

2018.5.25

# 真正的自信，来自历史，来自文化

1

亲爱的欢、乐：

最近，你们问我："妈妈，你大学学的是历史，你最喜欢中国哪段历史？"

我想了想说，大学时代，我最喜欢的是唐史，那个一千三百多年前震惊世界的大唐盛世，总是让我魂牵梦绕，心向往之。

如果可以穿越，我最想穿越的，就是大唐开元盛世那一段。想象自己走过长安街头，在西市的酒肆里，偶遇王维、李白、杜甫，和他们把盏言欢。

用诗人余光中先生的话说，就是"酒入豪肠，七分酿成了月光。余下的三分啸成剑气，绣口一吐，就半个盛唐"。

你们眨了眨眼睛，若有所思道："唐朝太遥远了，去了长沙、武汉、广州、南京后，我们觉得中国近代史很有意思。"

是的，这些年来，我们跟着地图游中国，走过大江南北许多城市。从长沙到武汉，从广州到南京，我们对中国近代史有了越来越多的关注和兴趣。

## 2

从 1840 年第一次鸦片战争到 1949 年新中国成立，一百零九年的风云岁月，似乎就是一部无休无止的战争史：鸦片战争、甲午中日战争、八国联军侵华、辛亥革命、军阀混战、北伐战争、国共内战、抗日战争、第二次世界大战、解放战争……

帝国主义列强侵略中国的炮火，从未停止；中华儿女的浴血反抗，从未停歇！

其中，从 1911 年辛亥革命到 1949 年新中国诞生，这不长不短的三十八年，风谲云诡，波澜壮阔。这是最混乱的时代，却有最光辉的人。他们带领中国人民，从一个个苦难走向一次次辉煌。

"江山如此多娇，引无数英雄竞折腰……俱往矣，数风流人物，还看今朝。"

1935 年，毛泽东率领长征部队胜利到达陕北。眼前山河壮丽，胸中气象万千。他触景生情，借诗词言志，在天地之间泼墨挥毫，写下了一百一十四字的《沁园春·雪》。

自古乱世出英雄。燕雀焉知鸿鹄之志？英雄的胸怀和抱负，从来只有英雄知道。

英雄的足迹，透过历史的尘埃，依然清晰可辨。今天，妈妈和你们一起来回顾长沙、武汉、广州、南京这四个城市吧。

## 3

武汉，是中国民主革命的发祥地。

1911 年 10 月 10 日武昌起义那声枪响，意味着在中国延续了两千多年的封建帝制，终于走到穷途末路。

1911 年夏天，湖南、湖北、广东、四川等省纷纷爆发保路运动，四川尤其激烈。清廷急调武汉兵力前往镇压。

10 月 10 日晚，武汉新军工程第八营的革命党人打响了武昌起义第一枪。

起义成功后，革命党人在武汉成立了中华民国军政府鄂军都督府，宣布废除清廷封建君主专制，建立中华民国。

随后短短两个月内，湖南、广东、福建、四川等十五个省市纷纷响应，宣布独立。

1912 年 2 月 12 日，清朝最后一个皇帝——溥仪发布退位诏书。

至此，从公元前 221 年开始的封建帝制时代宣告终结，历时两千一百三十三年。

2014 年秋天，我带你们去了武汉。

当年的中华民国军政府鄂军都督府，如今已成为辛亥革命武昌起义纪念馆，位于武昌蛇山南麓的阅马场。

看着这座建于 1910 年的红楼，抚摸着历经百年沧桑的红砖，不禁感慨，辛亥革命距今不过一百零六年，在无始无终的历史长河中，一百零六年无非一朵小小的浪花，如沧海一粟。但对生活在这一百零六年中的每一代人来说，辛亥革命以来的一系列变革，惊心动魄，荡气回肠。

人类，在历史面前，何其渺小；历史，在人类面前，何其伟大。

4

长沙，是中国农村革命的发祥地。

1914年，二十一岁的毛泽东考入长沙的湖南第一师范学校。长沙，是青年毛泽东人格形成的重要地方。

1925年，三十二岁的毛泽东从广州回到湖南领导农民运动。寒秋时节，重游橘子洲，凝望滔滔北去的湘水，他感慨万千。

他想起了在长沙求学、成长的点点滴滴，想起其间发生的辛亥革命、"五四"运动、五卅惨案、国共合作……于是，挥笔写就脍炙人口的《沁园春·长沙》。

"独立寒秋，湘江北去，橘子洲头。"从此，橘子洲头家喻户晓。

2015年秋天，我带你们去了长沙，直奔橘子洲和岳麓山。

从岳麓山顶往下看，橘子洲的地形有点像长长的番薯。据说"长沙"这个名字，就取"长长的沙洲"之意。

我们吃了毛主席最爱吃的红烧肉，沿着橘子洲狭长的地形，去瞻仰毛泽东青年艺术雕塑。

站在橘子洲头的问天台上，秋高气爽，疾风拂面。

这一刻，耳畔仿佛响起了青年毛泽东那句振聋发聩的感慨——"怅寥廓，问苍茫大地，谁主沉浮？"

信心比黄金更可贵。在1925年那样风雨如晦的时刻，青年毛泽东身上依然有一种豪迈的革命大无畏精神和革命乐观主义精神。

正是这份豪迈，激励着一代又一代共产党员和志士仁人，托举起了风雨飘摇的中国。

## 5

在城市化浪潮中，当大多数城市都沦为"千城一面"时，广州，就像王菲和她的歌，始终坚持做自己。

它以一种特立独行的姿态告诉世人：我，不一样。

这种不一样，既存在于历史，又观照着现实。

今年春节，我带你们穿梭于广州的大街小巷时，莫名地，有一种在历史和现实中错综交替的幻觉。

广州市广州大道中 289 号，是《南方周末》所在地。这份创办于 1984 年的报纸，于 2007 年提出了一个振聋发聩的口号——在这里，读懂中国。

在纷繁变化的大时代、大转型中，《南方周末》希望成为人们看世界的一个窗口。透过这个窗口，看到一个更清晰、更真实、更饱满的中国。

其实，不仅仅是《南方周末》。

对每一个想要亲近中国近代史的人，广州这座城市本身，就是一个"读懂中国"的窗口。

只有读懂了广州，才能读懂中国自 1840 年以来的血泪史、抗争史和奋斗史。

林则徐、洪秀全、黄花岗七十二烈士、孙中山、蒋介石……这一个个在中国近代史上举足轻重的人物，都在广州留下了或深或浅的脚印，并从广州走向了中国。

比如，中国近代伟大的民主革命先行者孙中山。

1924 年 5 月，五十八岁的孙中山在四面环水的广州市黄埔区长洲岛上，依托原来的清朝陆军小学和海军学校校舍，创立黄埔军校。

1924 年 6 月 16 日，黄埔军校第一期招收了五百名学员。

开学典礼上，孙中山语重心长地说："今天开这个学校的目的是什么？就是从今天开始，把革命重新创造。期望之深，责任重大。"

1924 年的黄埔军校，早已毁于 1938 年日本战机的狂轰滥炸。如今呈现在我们面前的，是广州市政府 1996 年按"原位置、原尺度、原面貌"原则重建的。

"亲爱精诚、团结合作、卫国爱民、不怕牺牲"的"黄埔精神"，时至今日，依然振奋人心。

## 6

关于南京，网上有这样一句话："你没红过，所以你不知道。你没当过首都，所以你不知道。"

今年暑假，我带你们去了南京。

南京给我们的第一印象，是那些遍布城市各个角落的梧桐树。

从中山陵到总统府，从美龄宫到 1912 时尚街区，一抬头，都是绿荫如盖、郁郁葱葱的梧桐树。

历史无言，梧桐有情。南京人的记忆里，一定飘满了随风逝去的梧桐树叶。1937 年 12 月 13 日，南京的梧桐树，被满城鲜血染红了。

走进侵华日军南京大屠杀纪念馆，一个触目惊心的数字——三十万人，深深刺痛了我们的眼睛。

这是南京大屠杀事件中的遇难人数！这是从 1937 年 12 月 13 日开始的六周时间内遇难的手无寸铁的同胞人数！

忘却过去，就意味着背叛。

今年是 2017 年，今年的 7 月 7 日，距离 1937 年 7 月 7 日卢沟桥事变，刚好八十周年。

回望历史，我们不能忘记，在那个闷热的七七之夜，日本侵略者的嘴脸是何等凶残，中国人民的苦难是何等深沉！

从那天开始，中华民族四万万同胞同仇敌忾，全面抗战。付出惨绝人寰、艰苦卓绝的代价后，才换来了 1945 年 9 月 2 日侵华日军战败投降的那一天！

铭记历史，珍爱和平。

7

"叱咤风云的人物纷纷消失之后，历史便成为一笔巨大遗产，完整无损地留给了我们。不是每个人，都能以短暂的生命辉映漫长的历史。历史是兴衰，也是命运。"金一南少将在《苦难辉煌》中如是说。

叱咤风云的人物终将消失，但，他们的足迹，却可以穿越时空的磨砺，一直留存在这片土地上。真实的历史，从来都不枯燥，枯燥的只是后人的遗忘。

2016 年 7 月 1 日，习总书记在庆祝中国共产党成立 95 周年大会上提出，中国共产党人要坚持"中国特色社会主义道路自信、理论自信、制度自信、文化自信"等"四个自信"。

孩子，妈妈希望，你们从小就要有文化自信。因为，真正的自信，植根于我们的历史、我们的文化。

　　孩子，让我们走出书斋，用脚步去追寻历史的足迹。那些人，那些事，一直都在，不曾离开。为了中国更加美好的明天，让我们铭记历史的铿锵足音，以更昂扬的斗志和更饱满的精神，一路向前。

2017.7.20

# 是什么成全了武大的樱花

1

亲爱的欢、乐：

　　武汉大学的樱花，一直是一个传说。

　　天下樱花千千万，可为什么，独独武汉大学的樱花，可以成为一个传说？

　　于是，今年春天，我带你们去武汉大学看樱花。这是继2014年秋天后，我们第二次去武汉。

　　只为了看一眼武大的樱花，我们选择了一趟说走就走的旅行。

　　从心动到行动，其实只在刹那。五个小时的高铁后，我们已经站在了武大校园的樱花大道上，抬头仰望那开得如火如荼、云蒸霞蔚的樱花时，我们似乎找到了答案。

2

　　初中时，我喜欢看一本名叫《爱的教育》的杂志。杂志上连载了武汉作家池莉写给女儿的一本书《怎么爱你都不够》。

书中，她多次提到了让她念念不忘的武汉大学，提到了珞珈山，提到了东湖水。

或许，从那时起，我就记住了武大，记住了武大的美。武大的美，美在珞珈山，美在东湖水。

后来，我到厦门大学读书。当时流传着一个说法："武大和厦大，是全国最美的两所大学。厦大面朝大海，春暖花开；武大背靠珞珈山，面朝东湖水。"

当然，让我对武大多了一重期待的，还有武大的樱花。

每到樱花季节，去武大看樱花，似乎成了心头的一个念想。

### 3

当我们站在武大校园的樱花大道上，身临其境，才真正体会到，什么叫"只一眼，就惊艳"。那开得酣畅淋漓、如痴如醉的樱花，那一阵风来就纷纷扬扬的樱花，真正把我们惊到了。

但，把我们惊到的，不仅仅只是樱花，也不仅仅是珞珈山和东湖水，而是武大校园中那些保存完好的百年建筑。

这些建筑，以一种穿越时空、穿越岁月的优雅而存在。久久凝视掩映在樱花丛中的古朴建筑，想象推开那扇红漆木窗的刹那，看到的是满眼的樱花，该是一种怎样的美丽！

脑海里，缓缓飘过了从浙江乌镇走出去的诗人木心的那首诗——《从前慢》。

"从前的日色变得慢，车，马，邮件都慢，一生只够爱一个人。"

4

武大的历史，可以追溯到 1893 年。

1893 年 11 月 29 日，湖广总督张之洞向光绪皇帝上奏，在武昌三佛阁大朝街口创办武昌自强学堂，专门培养外语和商务人才，设方言、算学、格致、商务四门，每门招生二十人。

自强学堂是中国近代教育史上第一所真正由中国人自行创办和管理的新式高等专门学府，可以说掀开了湖北近代教育的序幕。

1911 年 10 月，辛亥革命在武昌爆发。一部中华民国史，武汉在其中占据的地位和分量，显然不可估量。

1913 年，自强学堂改名国立武昌高等师范学校。1926 年，国立武昌高等师范学校与五所院校合并为国立武昌中山大学（又称国立第二中山大学）。

1928 年，国民政府以原国立武昌中山大学为基础，正式改建并定名为国立武汉大学。

那些让我们惊艳的百年后依然流光溢彩的武大建筑，正是建于 20 世纪 20—30 年代。

5

说到武大的百年建筑，著名地质学家李四光先生注定是一位载入武大校史的人物。

武大的东湖珞珈山校址，就是李四光通过地质勘查选定的。传说中，他当年是骑着小毛驴开展艰苦的地质勘查的。

不仅是选址，当时担任中央研究院地质研究所所长的李四光，还从上海请来了国际一流的美国建筑师凯尔斯，担任校园建筑规划的总设计师，并请来湖南大学土木工程系的缪恩钊教授做监理工程师。缪恩钊毕业于清华大学土木系，曾留学美国麻省理工学院和哈佛大学。

珞珈山上那十余幢古朴典雅、玲珑秀美的建筑，从设计到施工到全部落成，足足用了十年时间。

这十年间，李四光身兼三职：中央地质所所长、北京大学地质系教授和武大建委会委员长。

如果没有这十年的数易其稿、精心打磨，近百年后的我们，一定无缘看见这一栋栋墨绿色琉璃瓦和砖木纹理完美融合的百年建筑。这一处处建筑，依山而建，临水而居，拾级而上，层峦叠嶂，宛如一幅古今交融、中西合璧的绝美画卷，镶嵌在葱茏叠翠的珞珈山麓。历经百年血雨腥风，依然风姿绰约，不减当年。

1932年春，武汉大学从武昌东厂口迁入珞珈山新校舍。在珞珈山新校舍举行的开学典礼上，武汉大学校长王世杰先生说："十二年前，我和李四光在回国途中曾经设想，要在一个有山有水的地方建设一所大学。今天，这个愿望终于实现了！"

## 6

武大的樱花，并不是一开始就有的。1939年春天之前，校园内并没有樱花。

1939年，武大沦陷于侵华日军的铁蹄之下。日军从本国运来樱花树苗，在武大珞珈山校园里种下了最早的一批樱花树。那批樱花树上，流淌着的是我们的国耻和国难。

三十四年后，1973年，日本友人赠送给周恩来总理二十

棵 "山樱花"（又名 "福岛樱" "青肤樱" 等）。几经辗转，转赠武大，由学校栽植于珞珈山北麓的半山庐前。

1989 年春，武汉大学还从东湖磨山植物园引进了十六株原产于我国云南的 "红花高盆樱"，栽植在校医院旁。

1992 年，在纪念中日友好二十周年之际，日本对华友好人士赠送二百株 "日本樱花" 树苗，栽植于武大人文科学馆东面的八区苗圃。

如今，武大校内的樱花树约有一千多株，以日本樱花、山樱花、垂枝大叶早樱和红花高盆樱四种为主。

这些花，既有侵华日军当年留下的 "国耻之花"，也有中日恢复邦交后由日本友人多次赠送的 "友谊之花"。

7

天下樱花千千万，可为什么，独独武汉大学的樱花，可以成为一个传说？

我的答案是，武大的樱花，从来都不是单独的存在。

武大樱花的美，是和武大跨越百年的历史和建筑交相辉映后才有的美。如果没有了这份历史和建筑的沉淀，武大的樱花，还有灵魂吗？而没有了灵魂的樱花，在哪儿不都一样了吗？

孩子，是中国近代史的光荣与屈辱、苦难与辉煌成全了武大的樱花，从这一朵朵悄然绽放的樱花中，我们走进历史，读懂历史。请记住，我们必须牢记那些我们应该牢记的过往。

2017.3.20

# 1997—2017：阅读改变了我

*1*

亲爱的欢、乐：

今天，是第二十三个"世界读书日"。1995年，国际出版商协会在第25届全球大会上提出"世界图书日"的设想，并由西班牙政府将方案提交联合国教科文组织。不久后，联合国教科文组织宣布4月23日为"世界读书日"。

为何选择4月23日这天？4月23日，是西班牙文豪塞万提斯的忌日，也是美国作家纳博科夫、法国作家莫里斯·德鲁昂、冰岛诺贝尔文学奖得主拉克斯内斯等多位文学家的生日。

更巧的是，4月23日，也是英国戏剧家、诗人莎士比亚（1564年4月23日—1616年4月23日）出生和去世的日子。

确实，再没有哪一天，比4月23日更适合成为"世界读书日"了。

2

时间是一把雕刻刀。

我们怎样分配时间，时间就会把我们雕刻成一个怎样的人。

我们花在阅读上的时间，更是一把锋利无比的金刚钻。

据说，我国公民每年人均读书仅四点五本。全球最爱阅读的是犹太民族，每年人均读书六十八本。

一直以来，觉得最难回答的问题是：对你人生影响最大的书是哪一本？为什么？

印象最深的是白岩松先生的回答。他说，对他人生影响最大的一本书是《新华字典》。

其实，世界上没有哪本书可以带给你好运，但它们累积在一起，可以让你悄悄成为更好的自己。我们不能奢望一本书就可以改变人生，但几十年坚持阅读，一定可以改变人生。

如果一定要从茫茫书海中找出几本改变人生的书，那么，以十年为单位，很凑巧的，我在 1997 年、2007 年、2017 年分别遇到了对我影响较大的三位作家。

3

1997 年，十七岁，正读高二。

当青春期的多愁善感和迷茫夹杂在一起，且遭遇巨大的学业压力时，我觉得自己整个人都不好了。

每一天，都像一根绷紧了的弦，仿佛随时都要断裂。又像一艘迷失在汪洋大海中的夜航船，找不到前进的方向。

直到有一天，我读到了作家刘墉写的书。

那一天，是一个阳光明媚的春天的午后。我在校园操场上散步，刚好遇到从图书馆出来的语文老师梁伟民老师。

他手中捧着厚厚一摞书，最上面那本，是刘墉写的《萤窗小语》。

梁老师说："这本书很好，我借给你看看，相信你会喜欢的。"于是，我将这本书带回了家。

当天晚上，在温暖的台灯下，我翻开《萤窗小语》，读第一篇文章——《人就这么一辈子》。"人就这么一辈子。说来容易，想来却很深沉。很幸运地拥有了它，不能白来这一遭。"

那一刻，我有种当头棒喝、醍醐灌顶的感觉。对我这艘在风雨中飘摇的夜航船来说，刘墉的文章，不就是茫茫大海中的灯塔吗？

从此，喜欢刘墉的文章，一发不可收拾。读完《萤窗小语》，又读了他写给在美国读高中的儿子刘轩的系列书信集——《超越自己》《创造自己》《肯定自己》。

如何面对青春期的迷茫？如何破茧成蝶，成为一个有用的人？刘墉用这些书给了我答案。

## 4

2007年，二十七岁，大女儿一周岁，小女儿尚未来到人间。

一个周末的午后，和许多个寻常周末一样，我徘徊在绍兴图书馆整齐排列的书架前，沉浸在古今中外的文字世界里。

忽然，龙应台的《孩子你慢慢来》吸引了我。我从书架上抽出这本并不厚重的书。

封面上，是一个可爱的蹒跚学步的小男孩，走在一条铺满金黄色落叶的小路上。阳光透过图书馆的窗户，洒在封面上。

我忽然有种满满的感动。毫不犹豫地，将这本书借回了家。

当我看到这本书中的《蝴蝶结》一文时，无端地，眼眶就湿润了。

2007年，已经是一个一切都追求效率、追求快捷的时代。田园牧歌般的"慢生活"，已经离我们远去。

因此，当看到龙应台这句"孩子你慢慢来，慢慢来"时，我原本一直只顾奔跑的心，忽然"咯噔"了一下。我们是否跑得太快，而忘了为何出发？

就这样，如获至宝地读完了《孩子你慢慢来》，且反反复复读了许多遍，直至大段大段文字都了然于心。然后，又读了龙应台的《亲爱的安德烈》《目送》。

曾被誉为华语文学"龙卷风"的龙应台，在她的"人生三书"里，却用岁月沉淀了犀利和尖锐。字里行间，只剩下耐人寻味的款款深情。

如果我们读懂了龙应台的"人生三书"，或许，也就读懂了自己的人生。

## 5

2017年，三十七岁。

这一年，我出版了人生中第一本书《我的心里住着一个孩子》，折腾着一个公众号"桑葚三味"。

在文字的世界里，我该如何继续走下去？忽然有了一点迷茫。

2017年3月2日，在和朋友的聊天时，我听说了《罗辑思维》，听说了传说中的罗胖——罗振宇。

仅凭他在2016年深圳卫视《时间的朋友》跨年演讲上的一句金句，我就对他产生了好奇。他说："时间正在成为新的战场，未来属于能与时间做朋友的人。"

当天晚上，我百度了罗胖和《罗辑思维》，在"喜马拉雅"APP里下载了他的全部音频资料，买了他每年出版一本的演讲集。

每天上下班路上，听他的《罗辑思维》节目，成了我最近几个月的固定习惯。

我为什么成了罗胖的粉丝？因为，他给我的写作指明了方向。那就是，要用服务的心态提供有价值的知识。

罗胖是一个怎样的人呢？

2008年，曾担任央视第一财经频道总策划的他，离开央视，成了一名自由职业者。

2012年，他与独立新媒创始人申音合作打造知识型视频脱口秀节目《罗辑思维》。短短半年时间，《罗辑思维》由一款互联网自媒体视频产品，逐渐延伸成长为全新的互联网社群品牌。

他对自己的定位很清晰——做一个知识运营商。

他反复提醒读者，在信息爆炸的互联网时代，我们的知识，必须不断迭代。

他倡导一种"U盘化生存"的生存状态，即"自带信息，不装系统，随时插拔，自由协作"。

讲真，他的这些观点和理念，不断地刺激着我，鞭策着我。我越来越明白，要想写出有价值的文章，就必须不断学习，让头脑中的知识不断迭代。

6

2027 年，十年后。当我四十七岁时，不知我会遇到哪位影响我、改变我的作者？

我相信，一定会有，只要我坚持阅读。

或许，"世界读书日"的初衷，就是希望散居在世界各地的人，无论年老还是年轻，无论贫穷还是富裕，无论患病还是健康，都能享受阅读的乐趣，都能尊重和感谢为人类文明做出过巨大贡献的文字工作者们。

认真阅读，就是对人类文明最好的尊重和感谢。

让我们一起成长，一起改变，在未来的每一天。

2017.4.23

# 读不读书，一个眼神就知道了

1

亲爱的欢、乐：

　　我有一初中同学，从小就是美人坯子。长大后，不负众望，考上了中央戏剧学院表演系。毕业后，一直在演艺圈里忙忙碌碌，久未见面。

　　最近同学聚会，多年不见，彼此调侃玩笑后，我问她在忙些啥，她说："最近想放慢节奏，多读几本书。你有什么好书，推荐下吧。"

　　印象中，她从小最爱唱唱跳跳，最头疼的是看书。如今爱上读书，我自然要好好推荐。于是，脑袋里搜索了一番，推荐了美学大家蒋勋写的《蒋勋说红楼梦》，告诉她："这套书对你了解人情、人性和人生，应该会有所帮助。"

　　她点头感叹说："是的，一个演员对角色的理解，能到什么程度，要看她自身的阅历、经历和积累。读不读书，还真不一样。"

## 2

从小就听语文老师说过"腹有诗书气自华"这句话，但当时只是将这句话当作一种"口号"或"标语"，并未真正往心里去。如今，越来越觉得，读不读书，读什么书，会明明白白写在一个人的脸上。

一个眼神，就能说明一切。

这个年代，你可以假装有钱，也可以假装有权，但却无法假装有书卷气。一个眼神，几句谈吐，就会让你露馅儿。书卷气，真的装不出来。

请看下面两段文字。

第一段文字：读到《十月围城》的剧本，就好像是走进了一个此生未曾到达过的地方，因为太多的惊讶赞叹，更需要试着发挥自己的想象力，让故事的前因后果更为丰富，直到感觉自己已是故事里活生生的一个角色。让自己演得心安，让观众相信，你不是你，或，你就是你。

第二段文字：晒网、打鱼、出航、回航，憨厚的笑里不见辛苦，熟练的手势绑牢绳结。渔民与海共生，风起时航向大海，来雨时奋力拼搏。他们的已知与未知，都因为冒险而让艳阳下的汗水没有白流。存在心中的，或许是感念苍天陪伴这些年经历过的岁月。一路繁花，谢谢大家。

没错，这两段文字都出自演员钟汉良之手。第一段是他为《十月围城》写的序言，文笔诚恳细腻，富有情怀。第二段是他 2016 年 10 月 29 日发的新浪微博，当时正和剧组在厦门拍摄《一路繁花相送》。短短一百多个字，写得很用心。

3

如果说书卷气是一种气质，那么，这种气质的形成，需要长期坚持做一件事，那就是——阅读。

有媒体采访钟汉良，问他日常读书吗？读什么书？他说，拍戏的时候，会读和剧本有关的书，不拍戏的时候，喜欢什么都读，比如，中国古典文学方面的，喜欢看《三字经》《弟子规》《周易》《唐诗三百首》等，当代小说方面的，喜欢余华的《活着》、丹·布朗的《达·芬奇密码》、村上春树的《舞舞舞》、李察·巴哈的《天地一沙鸥》、卡勒德·胡塞尼的《追风筝的人》等，历史方面的，喜欢各种人物传记。

读书对演员的重要性，真的不是装点门面、附庸风雅那么简单。比如，钟汉良能成功饰演电视剧《康熙秘史》中的清朝才子纳兰性德，就得益于他长期坚持阅读。

纳兰性德1655年出生在一个显赫的家族。父亲是康熙朝武英殿大学士、一代权臣纳兰明珠。母亲爱新觉罗氏是英亲王阿济格第五女，一品诰命夫人。纳兰性德从一出生就注定拥有享不完的荣华富贵。但他短暂的一生，一直为情所困，郁郁寡欢。

他爱而不能得、爱而不能守的衰伤，最终化为"如鱼饮水，冷暖自知"的《饮水词》。带着不被世人理解的落寞，年仅三十一岁，就走到了生命的尽头。

要演好纳兰性德，对香港演员钟汉良来说，必须填补文化的差异和时代的鸿沟，这显然并非易事。在电视剧开拍前半年，他认真研读《饮水词》《纳兰性德词选》，从纳兰性德的诗词了解纳兰性德其人。不止于此，他还通读了深受纳兰性德影响的《红楼梦》，因为《红楼梦》作者曹雪芹的爷爷曹寅，是纳兰性德一生的至交。

"山一程，水一程，身向榆关那畔行，夜深千帐灯。风一更，雪一更，聒碎乡心梦不成，故园无此声。"《康熙秘史》剧中，当钟汉良在风雨交加的晚上，提笔写下这首《长相思》时，眼中是无尽的苍凉和失意。他将纳兰性德演活了。

谁说演员只要帅就可以了？如果不懂纳兰词，不懂纳兰其人其情，怎能演出其神其魂？

## 4

在某期访谈节目中，钟汉良曾说，塑造人物时，有一个必不可少的东西，那就是演员自身的气质。气质之高下，决定所塑造人物目光之清浊。

套用如今流行的"你现在的气质里，藏着你读过的书"，可以说，钟汉良干净温暖的气质，来自他几十年如一日的阅读。

正如身体锻炼与否，隔一天看没有任何变化，隔一个月看，也没什么变化，但是隔五年、十年来看，锻炼与不锻炼的人，身体状态的差别一定是巨大的。

阅读也是如此。你们曾问我："课外书看多了，看了这本，就忘了那本，看了后面，就忘了前面，会不会白读了？"

其实，并没有白读。我们每天都要吃很多食物，且常常记不起来上一顿吃了什么。但可以肯定的是，食物中的营养，已经长成我们身体的一部分。

和食物一样，那些读过的书，会融进你的血液。久而久之，就成了你的气质。

读不读书，真的不一样。只需一个眼神，就知道了。

2018.8.3

四

情商性格篇

# 这样的输赢，何必介怀

## 1

亲爱的欢、乐：

不知从几时起，微信朋友圈里被接二连三的评选活动刷屏了。

评选活动种类繁多，特别是那些有关孩子的评选活动，更是牵动着无数家长的心。

这意味着，在评选的日子里，在朋友圈拉票投票，是家长们生活的重中之重。直到投票截止日，才能如释重负。

孩子，如果有一天，你们也面临这样的评选，你们会怎么对待呢？如果因为爸爸妈妈不替你们拉票而输了，你们会一笑置之吗？

昨晚睡前，我特地和你们聊了这个话题。

没想到，姐姐毫不犹豫地说："我觉得这个投票不公平。因为有的父母认识的朋友多，孩子的票数自然就多。但这并不代表这个孩子一定比其他孩子优秀。"

我很欣慰，你们小小年纪，已经有了清醒的认识。

## 2

其实，只要稍微留神一下，就不难发现，各类投票评选活动的目的，不是宣传这个活动本身，就是宣传活动的主办方和商家。更重要的，是推广那些公众号……

原本应该作为主角的候选对象，反而变得并不重要了。

试问，去投票的亲们，有几人会认真去看候选对象的先进事迹和作品展示？有几人会认真比较候选对象谁更优秀？

最简单粗暴的做法是，根据朋友提示，打开链接，直接投指定对象就完事了。

一定程度上，候选对象成了评选活动的"摆设"，候选对象的家庭则被不断刷新的数字牢牢"绑架"了。

## 3

朋友Z在绘画方面很有造诣，他告诉我这样一个故事。

有一次，他看到朋友圈里有一个关于小画家的评选活动，就点进去看了看。

其中，有一幅关于宇宙太空的科幻题材水彩画引起了他的注意。这幅画想象力丰富、色彩搭配大胆、笔法老到，他觉得是一幅好作品。

但是，这幅画的票数，却远远落后于其他小朋友的作品，且差距不是一点点。

他马上意识到，这个小朋友的家长，可能没有主动拉票，也可能朋友不够多。总之，这个票数，绝对不是作品水平的真实体现。

于是，他按照文中的联系方式，给小画家的父母打了一个电话，说："我很喜欢你儿子的作品。请转告小朋友，不要被票数影响，继续好好画画，将来一定能成为画家！"

## 4

其实，很多父母，对这样的投票和拉票是无奈的。但身处其中，很难不被巨大的洪流裹挟着前进。

"我知道这样的投票没有意义，但看着孩子和其他候选人的票数差距越来越大，到底坐不住，最后还是发动亲戚朋友们帮忙一起投票了。"

一位父亲一脸无奈地告诉我。

我对有关孩子的投票活动，一直十分谨慎。

因为，我觉得，当我碍于情面稀里糊涂投了一票时，我或许帮了朋友孩子一个忙，却很有可能伤了其他孩子的心，特别是那些本身优秀却没有拉票的孩子。

因此，我可能选择不投，或是在认真看完所有候选人的事迹和作品后，做出自己的判断，投出那"庄严"的一票。

我相信，当越来越多人这样理性投票时，这个投票，才是有意义的。

## 5

扪心自问，这个投票结果，真的很重要吗？

在我看来，已经越来越不重要了。

孩子，我们已经不再像从前那样渴望权威部门和权威机构给予我们一个肯定了。

我们更需要的，是自己肯定自己，自己创造自己，自己超越自己。

只要你有真才实学，即使因为票数不够而输了，又有什么关系呢?

这样的输，并不可耻。这样的赢，也并不值得炫耀。

## 6

钱钟书先生在《围城》中说，怀才就像怀孕，有就有，时间长了，人家一定能看出来。

在这个自媒体和互联网的时代，是金子，就一定能发光。人人都有机会，只要你足够努力，足够好学。

如果一个人总是抱怨"怀才不遇"，那么，一定是这个人的"才"还不够。

所以，孩子，与其花时间去投票和拉票，不如静下心来修炼自己。

当你不再在意外界对你的评价时，你的内心就足够强大了。

2018.8.15

# 你拿什么应对这个变平变碎的世界

## 1

亲爱的欢、乐：

前几天，我给你们写了《这样的输赢，何必介怀》

你们对文中的这句话——我们已经不再像从前那样渴望权威部门和权威机构给予我们一个肯定了——表示好奇，希望我能表达得更具体一点。

好吧，今天这封信，就来聊聊这个话题吧。

## 2

其实，世界不仅变得扁平化，更在加速碎片化。

2006 年，我读了一位名叫托马斯·弗里德曼的美国作家写的一本风靡全球的畅销书——《世界是平的：21 世纪简史》。

托马斯·弗里德曼的主要观点是：21 世纪，世界正被抹平。

他在自序中讲了这样一个故事：在非洲，瞪羚每天早上醒来时，知道自己必须跑得比最快的狮子还快，否则就会被吃掉。狮子每天早上醒来时，知道自己必须超过跑得最慢的瞪羚，否则就会被饿死。

不管你是狮子还是瞪羚，当太阳升起时，你最好开始奔跑。

## 3

这是一个寓言，一个关于人类当下及未来生存状态的寓言。

21世纪，注定是一个被全球化浪潮裹挟着前进的时代。

越来越细的社会分工和无处不在的信息技术，让这个原本"凹凸不平"的世界，变得越来越"平坦"。

托马斯·弗里德曼在书中说："如果你是美国人，不管你的职业是什么——医生、律师、建筑师、会计师——最好学会如何取悦顾客，因为所有能够数字化的职业现在都可以打包到国外。"

事实正是如此。

20世纪90年代，杰克·韦尔奇把通用公司的后台操作中心搬到了印度新德里的卫星城古尔冈。这是印度离岸外包的一个标志性事件。

从此，越来越多的欧美客服服务都被转移到了印度。离岸呼叫中心开始如雨后春笋般在印度遍地开花。

如今，印度每天约有四十万个呼叫中心接线员在与欧美人通电话。这些通话涉及信用卡、拖欠电费、竞选募捐等。

美国人一边享受着印度人提供的各种廉价服务，一边埋怨被这些月收入仅为他们十分之一的印度人抢走了工作。

这，就是一个扁平化世界的真实写照。

在这个扁平的世界里，瞪羚和狮子会不期而遇，同台竞争。

在这个扁平的世界里，我们只有跑得更快，才能拥有一席之地。

4

距离看《世界是平的》十年后的一天，上班路上，听《罗辑思维》。

忘了是哪一期，只记得罗胖说了这样一句话："世界不仅是平的，还是碎的，且碎成一地。"

如何理解这个"碎"？

互联网的迅猛发展，不仅改变了我们的生活和工作，也进而改变了我们的思想和观念。

每个人都变成了一个互联网的终端，拥有自己的网络空间、社交空间和精神空间。

在这个空间里，每个人都是自己这个世界的中心。有多少个人，就会有多少个小小的世界。因此，世界变"碎"了。

碎了的世界光怪陆离，气象万千。众多志趣相投的"微世界"通过网络穿越时空，联结在一起，成为数量众多的"小世界"。

5

比如，人和人之间的距离，不再是地理空间上的距离，而是虚拟世界中的距离。

两个地理空间很近的人，比如同事，比如邻居，如果彼此没有进入对方的虚拟世界（加对方微信），那么，即使共处一室，即使比邻而居，对彼此的生活，其实所知甚少，甚至一无

· 213 ·

所知。

但，对于进入彼此虚拟世界（互相加了对方微信）的两个人来说，即使从未见面，即使天南地北，依然会对彼此的动态了如指掌。

因为，对方的朋友圈，足以勾勒出对方的全部状态。

又比如，微信群作为一个虚拟的社交圈，其威力将越来越超过现实生活中的社交圈。

你在哪个群里出没，你的圈子就在哪里。可以几个人建一个小群，也可以几百个人建一个大群。无论群大群小，都有一个特点，那就是群里的人们有共同诉求或共同喜好。

比如，喜欢朗诵的人可以建朗诵群，喜欢阅读的人可以建读书群，喜欢美食的人可以建吃货群，喜欢旅行的人可以建驴友群，喜欢亲子话题的人可以建妈妈群……

甚至，只是在朋友聚会上一起吃过饭，也可以建一个群，方便下次联系。

## 6

随着个人喜好的越来越"碎片化"，群的种类也可以越来越细分。

罗胖说，他听说过一个对声音有特别喜好和研究的群。群友们在群里分享一滴水落在青石板上的声音，一阵风吹过一枚铜钱的声音，一根羽毛和另一根羽毛摩擦的声音……

这样的群，是不是很小众？其实，类似这样小众的群，在这个碎片化的时代，将越来越多。

和钱锺书在《围城》中说的"城里的人想出来，城外的人想进去"恰好相反，在越来越"碎片化"的时代，群里的人不想出来，群外的人也不想进去。大家各玩各的，彼此相安无事。

或许，这就是互联网时代带给人们的一种宽容。

人，越来越可以活出属于自己的精彩。

## 7

孩子，现在你们可以理解了吗?

孩子，正如我在文中说的那样，在这个变"碎"了的世界里，每个人都是自己这个世界的中心。有多少人，就会有多少个小小的世界。这时，权威部门的肯定，显然不再像曾经那么重要了。

马克思说，世界处于不停的运动变化和发展之中。运动是绝对的永恒的无条件的，静止是相对的有条件的暂时的。

对这个世界来说，唯一不变的，就是"变"本身。

虽然我不知道，世界变"平"变"碎"后，还将发生哪些变化，但我明白，我们应对"变"的唯一方法，就是努力成为更好的自己。

当我们尽自己最大的努力，成为越来越好的自己时，无论是扁平化，还是碎片化，都将拿我们没办法。

孩子，请相信，唯有做好自己，才能找到属于你的一席之地。

2018.8.20

# 从"富人慈善"到"人人慈善"

1

亲爱的欢、乐：

今天是9月5日，中华慈善日。

关于慈善，我喜欢濮存昕在央视《朗读者》节目中说的一段话。它朴素，深刻。

他说："当你得到别人的帮助时，不要觉得理所当然，而是要怀有一颗感恩的心；当你有能力时，不要觉得事不关己，而是要尽力帮助需要帮助的人。这是做人的基本道理。"

慈善，是每一个人的事。

慈善，是用光芒点亮光芒，用生命影响生命。

2

我们欣喜地看到，慈善事业，正从"富人慈善"走向"人人慈善"。

先说"富人慈善"。

比较早听说的，是比尔·盖茨夫妇投身慈善事业。

2000 年 1 月，美国微软公司创始人比尔·盖茨及其妻子梅琳达·盖茨，宣布成立比尔及梅琳达·盖茨基金会，旨在促进全球卫生和教育领域的平等。

2004 年，该基金会总资产超过三百亿美元，成为美国规模最大的慈善基金会。

2005 年，比尔·盖茨在五十岁生日那天宣布，自己不会从政，数百亿美元巨额财富都捐献给社会，一分一毫都不会留给自己的子女。

2006 年，股神巴菲特宣布，向盖茨夫妇的慈善基金会捐款价值三百亿美元的股票。

对此，比尔·盖茨幽默地说："赚钱难，花钱更难，花别人的钱更是难上加难。"

我觉得，这句话不是作秀，而是肺腑之言。

为了运作好基金会，比尔·盖茨夫妇多次赴非洲等贫困国家实地考察，确保基金会的每一笔善款都能用到刀刃上，帮助到真正需要帮助的人。

2010 年 1 月，比尔·盖茨在达沃斯论坛媒体发布会上表示，未来十年，盖茨基金会将为世界上最贫穷的地区提供疫苗研究、开发与应用支持。

2017 年 6 月 6 日，比尔·盖茨向慈善事业再度捐赠六千四百万股微软股票，市值四十六亿美元。

和比尔·盖茨一样，脸书（Facebook）创始人、首席执行官马克·扎克伯格，也在 2015 年大女儿出生时，写了一封长长的公开信，在全世界引起轰动。

他和华裔妻子普莉希拉在信中表示，为了让他女儿这一代孩子能够有更好的成长环境，他们会捐出个人财产的 99%（当时价值四百五十亿美元）用于公益事业。信中还提及了大量关于平等、消除疾病、理解、包容、开放等让世界更加美好的宣言。

捐献出几乎全部身家，去爱全世界的孩子。小扎夫妇用实际行动诠释了什么是"大爱无疆"。

### 3

再说"人人慈善"。

看过央视《朗读者》节目的朋友，一定会记住一位"春蚕到死丝方尽，蜡炬成灰泪始干"的教授，他就是清华大学经管学院的赵家和教授。

2011 年 3 月，赵家和教授用他毕生积蓄的一千四百零九万元，筹划成立了"甘肃兴华青少年助学基金会"，资助西部贫困山区的孩子们求学。此时，他已身患癌症。

他捐出所有积蓄，却在癌症晚期舍不得用进口药；他在美国做客座教授，薪酬不菲，但一家三口每月生活费却不超过一百美元，一件一美元的化纤毛衣穿了十几年。

经过一年多与癌细胞的顽强抗争，2012 年 7 月 22 日，赵家和教授离开了人间。最后时刻，他还捐献出了自己的遗体。

他有一儿一女，却把全部积蓄都捐给了素不相识的孩子们。起初，女儿并不能理解父亲。

赵家和教授对女儿说："爸爸妈妈已经培养你们成才，你们可以凭自己的能力过上好日子了。爸爸妈妈的钱，应该去帮助更需要帮助的人。"

赵家和教授的话，让我想起了今年《开学第一课》中的一段话——孩子优秀了，你留钱做什么？孩子不成器，你又留钱做什么？

4

和赵家和教授省吃俭用做慈善一样，绍兴上虞的张杰先生，也是倾其所有做慈善。

从 1979 年开始，这位在香港以卖大闸蟹、茶叶蛋谋生的普通商人，首开浙江省港胞捐资助学的先河。

三十多年来，他已向家乡上虞捐赠千万元，为上虞中学、梁湖中学等学校建起了设施一流的十八幢张杰教学楼，赠送了一批批体育器材、音乐器材、教学仪器。

20 世纪 90 年代中期，张杰先生得知绍兴要创办绍兴大学，专程赶到绍兴大学筹委会办公室，当场捐赠十五万元。

5

人人做慈善，慈善为人人。

孩子，赠人玫瑰，手有余香。善良之人传递善良，美好之人摆渡美好。只要你心存善念，只要你身有余力，就可以帮助他人。

心存仁爱，与爱同行。

2017.9.5

# 不好好说话，可能真的会"死"

## 1

亲爱的欢、乐：

曾经，你们在喜马拉雅"十点读书"听到了一篇题为《你好好说话会死吗》的文章，十分喜欢。

"你好好说话会死吗？"

"不会啊！"

"可是，我也不知道，从什么时候开始，我已经不会对身边的人，好好说话了。"

## 2

好好说话，当然不会"死"。但不好好说话，可能真的会"死"。比如，2017年2月18日发生的"武昌火车站杀人案"中的死者姚某。

据《武汉晚报》报道，事情经过大概是这样的。

死者姚某生于1975年，离婚，带着十二岁的儿子在武汉生活。一年前，开了一家小面馆，专卖炸酱面和热干面。姚某说话口气有点凶，给人不太和气的感觉。

2月18日中午12点左右，有三个年轻人去姚某店里吃饭，点了三碗热干面。可能是觉得这三个人是外地人，可能是因为姚某在春节前将面的价格涨了一元还没来得及修改菜单，总之，他收面钱的时候，没按照招牌上的四元钱收，而要收五元一碗。

三个人中的两个对这件事没有异议，准备付钱。但22岁的胡某和姚某争辩道："单子上写着四块钱一碗，你怎么要多收一块？"

据旁观者说，姚某没有解释涨价原因，而是用惯常的大嗓门儿吼道："我说几块钱就是几块钱，吃不起你就不要吃！"

然后，就没有然后了。

胡某和姚某开始激烈地争吵，然后厮打在一起……终于，急红了眼的胡某冲到厨房，提起一把菜刀，就向姚某砍去……

### 3

杀人者胡某当场被抓获。等待他的，将是法律的严惩。究竟是怎样一种仇恨，会让胡某一言不合就动了杀念？更何况，他和死者在中午12点前还只是素昧平生的陌生人？！

胡某的问题，是一个复杂的社会问题，非一言两语可以分析透彻。今天我想和你们聊的，不是胡某的问题，而是姚某的问题。

鲁迅曾说："哀其不幸，怒其不争。"纵观这整个案件，如果姚某好好说话，这出悲剧是完全可以避免的。

比如，当胡某说"单子上写着四块钱一碗，你怎么要多收一块"时，姚某完全可以心平气和地解释：春节期间物价高，涨价也是情理之中，或者说忘记及时修改菜单上的价格了。我相信，如果姚某这样好好说了，这件事情，也就这样过去了，除非胡某是一个死抠到底的"一根筋"。OK，万一真的碰到了"一根筋"，作为姚某来说，和气生财，也不要和胡某计较到底了。

但是，姚某却说了一句极易激怒对方且伤人自尊的话——"我说几块钱就是几块钱，吃不起你就不要吃！"

我相信，姚某的这句话，并不是针对胡某。换成其他张三李四，他照样会说这句话。因为，他一贯是这样"不好好说话"的。他的这种说话方式，已经成了习惯，成了他的"口头禅"。

他无论如何也不会想到，他竟然死在了"不好好说话"上。这样的死亡方式，如此"无力"，如此"廉价"，如此"莫名其妙"，连吃瓜群众们也不知道该说什么了。

4

孩子，我们不是活在一个只有"真、善、美"的世界里。每一天，我们都会和各种各样的人打交道。我们无法要求社会中的每一个人，都懂法知法，都理性善良。

对我们来说，十分重要，也是十分管用的一条，就是管好自己的嘴巴，不要"祸从口出"，不要"惹是生非"。

好好说话，与人为善，和气生财，是一条颠扑不破、亘古不变的生活哲学。

为人处世，绝不要逞一时口舌之快。你颐指气使，占尽口头便宜，但到头来，损失的还是你自己。轻则没有人愿意和你做朋友，重则惹来杀身之祸，被脾气比你更大的人"收拾"了。

金庸笔下的郭芙，就是这样一个不会好好说话、时时处处讨人嫌的人。

按理，郭芙出身名门，父亲是郭靖，母亲是黄蓉，外公是江湖传说黄药师，长得也是如花似玉。这样的名门闺秀、千金大小姐，不知有多少英雄好汉会拜倒在她石榴裙下！但，郭芙一开口说话，就让人再也爱不起来。

公众号"六神磊磊读金庸"讲了郭芙"不好好说话"的一个典型例子，且看——

郭芙和陆无双斗嘴，陆无双对她说："我表姐程英是黄药师的徒弟，是你师姑，你应该叫我长辈。"

对这句话，郭芙有一百种回应的方法，但她偏偏说了一句最易激怒人的蠢话："谁知道是真的还是假的？我外公名满天下，也不知有多少无耻之徒，想冒充他老人家的徒子徒孙！"

你和陆无双斗嘴，却把程英也骂了，说人家是假的。假的就假的吧，你还加四个字"无耻之徒"。

人家程英招你惹你了？你一个不开心，就要向全世界宣战，莫非你以得罪全天下人为乐？

如果郭芙是现实世界里的人，在我们身边，一定是个超级讨人嫌的妹子。谁娶她谁倒霉，谁认识她谁吃亏，大家对她肯定是能躲多远就躲多远。

## 5

孩子，怎么说话，其实是一种习惯。希望你们心中盛开善意的花，从小养成"凡事好好说"的习惯，不要言语伤人，不要逞口舌之快。

退一万步讲，有些事情，即使你有理，但如果遇到一个不讲理、不理智的人时，要学会"闭嘴"。很多事情，公说公有理，婆说婆有理，不是非得争出一个是非对错的。只要我们扪心自问，问心无愧，就可以了。

在众多有关"武昌火车站杀人案"的评论中，我记住了这样一句话：法律对不怕死的人无解，待人和气一点，其实对你自己也有好处。

孩子，我将这句话送给你们。

希望你们平平安安地长大。

2018.9.20

# 一切善意，既是利他，更是利己

## 1

亲爱的欢、乐：

最近，小区传达室里时常有我的快递，特别是出版社寄来的书。

有一次，我不在家，传达室的保安师傅竟主动帮我把沉沉的一箱书搬到了家门口。我很感动。

你们问我："为什么保安叔叔要帮我们搬书？"

孩子，这个问题，我可以用一封信来回答。

## 2

孩子，前几天，我写了《不好好说话，可能真的会"死"》。

在那封信中，我告诉你们，好好说话，与人为善，和气生财，是一条颠扑不破、亘古不变的生活哲学。

今天，我想告诉你们，人与人之间的友好是相互的。你对别人好，别人会对你更好。一切善意，既是"利他"，更是"利己"。

比如，对人尊重，特别是尊重生活在社会底层的人。

十多年前，还在报社工作。某天晚上，在编辑部写稿，写完后和值班编辑聊天。这位编辑说："我发现你特别适合和老人、孩子打交道，因为你身上有种亲和力。"

或许这是与生俱来的天性。采访中，遇到任何一位陌生的老人、孩子，我都能很快走进他们的内心世界，和他们聊得很投缘。其实，并没有什么秘诀。唯一的秘诀就是，尊重他们，对他们友好。

后来，虽然不当记者了，但这种习惯依然保持在生活中。

比如，我尊重小区的每一个保安师傅。记得有一个冬天的晚上，10点多了，夜深人静，还下着冰冷的雨。我开车回家，开到小区后门时，铁门已关。我刚想调头走前门时，保安师傅撑着雨伞，披着军大衣，出来替我拉起了铁门的插销。我赶紧摇下车窗，对他说："师傅，麻烦了，谢谢啊。"他连连摆手，说："没事没事。"那晚回到家，我在朋友圈里发了一条微信，感动于保安师傅的敬业和辛苦。

孩子，记得第一次让你们去小区传达室帮我拿快递时，我提醒你们，记得先说"爷爷好，伯伯好"，再说"我是来拿快递的，几幢几室"。你们记住了，每次都很有礼貌。如今，保安师傅一看到你们进去，就会笑呵呵地帮你们搬快递。

有一次，我回报社看老同事，遇到了传达室的师傅。虽然已经十多年不见了，但他一眼就认出了我，感觉特别亲切。

## 3

前几天，和朋友 H 聊天。她告诉我这样一件小事。

她说，过年前的一天，和十岁的儿子回家，在小区电梯口碰到一个快递小哥。快递小哥个子不高，双手抱着一大摞快递，腾不出手去按电梯。朋友主动帮他按了电梯，并问他要去几楼。然后，朋友就和快递小哥攀谈起来，问他一天要送多少货、工作多少时间、一天能赚多少钱。快递小哥也很健谈，彼此聊得很投缘。这个过程中，儿子一直在旁边听着。

回到家后，儿子忽然对妈妈说："妈妈，送快递的叔叔这么辛苦，才赚了这样一点钱，看来赚钱真不容易。"

朋友 H 家境十分优越，曾经也担心儿子这一代人在糖水中泡大，无法体会生活的不易，不懂珍惜。这次她和快递小哥聊天，却无意中给儿子上了一堂朴实无华的人生课。

4

2016 年 12 月 12 日，绍兴市柯桥区漓渚镇棠棣村的刘建明，在北京京西宾馆参加了第一届"全国文明家庭"表彰大会。文明家庭全国仅三百家，浙江省仅十家，绍兴市只有刘建明这唯一一家。

孩子，或许，你们会好奇，刘建明家为何能获得如此崇高的荣誉？在媒体详尽的报道中，有这样一个细节吸引了我。

有一个修煤气管道的师傅曾到刘建明家修煤气管道。他说，刘家老老少少待人都特别和气，刘建明的老母亲给他端茶递水，刘建明的妻子留他吃中饭。

"走街串户这么多年，遇到这样客气和善的人家，真是不多。"这是这位师傅的肺腑之言。

《周易·坤》中有这样一段话："积善之家，必有余庆；积不善之家，必有余殃。"通过这样一件小得不能再小的小事，你们一定明白了，刘建明家为何能被评为"全国文明家庭"了吧。

## 5

朋友Z的女儿，从高一开始到英国读书，大学毕业后回国，如今在杭州工作。朋友说，七年时间，她在女儿身上，看到了最可贵的一点，那就是发自内心地尊重每一个人。

比如，和女儿逛商场。每次掀商场门口的帘子时，女儿都会回头，看看后面有没有人，防止帘子甩到别人身上。如果后面的人距离不远，她还会掀着帘子等一会，等后面的人进来后再放下。

冬天，寒风中，看到有老人在路边卖水果。水果所剩不多了，女儿就全部买下，让老人可以早点回家。

"一开始，我还觉得女儿有点傻气。但现在越来越被感动，女儿让我深受启发。"朋友Z感叹。

## 6

对朋友微笑，是一种热情；对亲人微笑，是一种挚爱；对陌生人微笑，是一种善良；对仇人微笑，是一种大度。

微笑，是强者对人生最完美的诠释。是宠辱不惊、花开花落的豁达；是气吞山河、海纳百川的大气；是以诚相待、心底无私的坦荡。

赠人玫瑰，手有余香。当我们对他人微笑时，我们将收获全世界的笑容。

　　孩子，请记住，一切道德，都不是"说教"，而是让我们更好地行走在这个美丽的地球上。

2018.9.24

# 运动时的你，自带光芒

亲爱的欢、乐：

周末，送你们去乒乓球馆打球。

平时文静的你们，在拿起球拍，站到球桌旁的那一刻，却仿佛换了一个人。挥舞球拍，左右跳跃，仿佛一个小小星球，自带光芒。

这，就是运动的魅力。

生命在于运动。这不是一句空洞的口号，而是一种真切的生命体验。

## 2

运动如此美好，但体育课，却一度是我的噩梦。

从上小学开始，体育课，就一直是我的短板和软肋。

小学一年级时，评三好学生。班主任看着语文、数学都考了一百分的我，遗憾地说："三好学生需要德智体全面发展，你的体育成绩不行，下次再努力。"

班主任说我体育成绩"不行"，其实是口下留情的。我的体育成绩，不只是"不行"，简直是一团糟。

比如，爬杆。其他同学都能"噌噌噌"沿着铁杆往上爬，我却像一个笨手笨脚的树熊，挂在铁杆底部，动弹不得。

比如，跳马。其他同学一溜助跑后，就能轻松地从马鞍上腾空跳过。而我呢？每次跳到马鞍上，就一屁股坐在了上面。然后，在体育老师无奈的眼神中，尴尬地跳下来。

比如，跳远。无论是立定跳远，还是起跑跳远，我都跳不远。总在距离及格线还有一点距离处，不争气地落地了。

比如，跳高。其他同学身姿矫健地"嗖嗖"跳过了那根竹竿，我也能跳过去，不过，竹竿兄也随之躺在地上了。

铅球、垒球，也通通不行。铅球很重，我几乎扔在眼前，垒球虽然很轻，我却也扔不远……

总之，没有什么体育项目，是我行的。

### 3

1986年9月，在捷克斯洛伐克举行的第十届世界女排锦标赛上，中国女排以八战八胜的出色战绩，第五次蝉联冠军，成为世界排球史上第一支获得"五连冠"的队伍。

中国女排"五连冠"，让中华儿女热血沸腾，激励了一代又一代国人。当时，各行各业掀起了学习女排精神、发扬女排精神的热潮。

与此同时，日本电视连续剧《排球女将》也风靡全国。女主人公小鹿纯子，以"晴空霹雳""幻影旋风"等带有魔幻色彩的打球技巧，给观众们留下了深刻印象。

因此，20世纪80—90年代，排球是一项火得不能再火的运动。我们学校专门成立了排球队，经常打比赛。看到同学们在球场上的飒爽英姿，我不禁心生羡慕。

于是，小学五年级时，你们外公给我买了排球以及练球用的护腕、护膝，让我学习女排精神，学打排球。学习，从对墙练习垫球开始。记忆中，我似乎从来没有连续垫过十个，后来就不了了之了。你们外公也只能"望球兴叹"了。

4

第一次让我在运动场上有了信心的，是初一时的一场全校运动会。

那次全校运动会上，有一个女子八百米的项目，全班没人报名。当时我是班长，心想："跑步不就是拼体力嘛，我体力还行，不妨去试试。"

于是，我报名参加了。

没想到，一跑，竟跑了一个第一名。班主任笑呵呵地说："你还说你体育很差，我看很好嘛。"

我在心里偷着乐，总算有一个体育项目，不是我不行的了。

从此，就爱上了跑步。傍晚放学后，有事没事就去学校操场上跑几圈，出一身汗。暑假里，一个人去晨跑，汗流浃背，身体累到极点，但心情却极其舒畅。

高中三年，每晚9点，夜自修下课，如果不下雨，我一般都会去操场上跑几圈。特别是高三，每天的学习，不是题海战，就是模拟考。在教室里坐了一天，脑袋涨鼓鼓、晕乎乎。跑步，成了我放松自己、缓解疲劳的最好方式。而且，跑步后回家，更容易入睡，睡眠质量也更好。

高三那年，我光荣地加入了中国共产党。在吸收我入党的会议上，我的入党介绍人、一位教我政治的老师说："好几次晚上回家，都碰到小吕同学在操场上跑步。我相信，有这份坚持和毅力的她，可以加入中国共产党。"

## 5

正如一个人的气质里藏着看过的书，你喜欢的体育运动，也会沉淀为你的气质。

曾经，我给你们写过一封信，题目是《不负身体，方不负自己》。我在信中说：最忠实于你们的，是自己的身体。每天，每时，每刻，身体调动五脏六腑，有条不紊地工作着：牙齿帮我们咀嚼，胃帮我们消化，心脏帮我们运输血液，双手帮我们做事，双腿带我们去想去的地方……我们要对自己的身体好点，再好点。

孩子，热爱运动，找到一项自己喜欢的体育项目，并长期坚持下去，不仅会让你的身体变得更健康，而且，会让你的心灵，越来越豁达，越来越强大。

或许，运动最大的意义，就是把身体练好，让心情舒畅。

2018.10.25

# "见世面"，不是"想不想"的问题

## 1

亲爱的欢、乐：

最近我又在重温《红楼梦》，今天的话题，就从"林黛玉进贾府"说起吧。

黛玉六岁那年，母亲贾敏因病去世。外祖母白发人送黑发人，悲痛欲绝。白发苍苍的老人，将对女儿的全部思念，寄托在了年幼的黛玉身上。她派人将黛玉从扬州接到京城，由她亲自照顾抚养。

黛玉自小冰雪聪明。她常听母亲说起，外祖母家与别家不同。因此，到达贾府大门口时，她就提醒自己，要"步步留心，时时在意，不轻易多说一句话，多行一步路，唯恐被人耻笑了去"。

看来，不仅是刘姥姥进大观园时怕被人笑话没"见过世面"，就连巡盐御史林如海的独养女儿，到了贾府，也有这样的顾虑。这说明，"见没见过世面"这件事，很多人都很在意。

## 2

我想起了自己没有"见过世面"的几件糗事。第一件事，是第一次打电话。

20世纪80年代末90年代初，电话机还是一个挺稀罕的东西。那时，在很多老人的心目中，共产主义就是"楼上楼下，电灯电话"，苏联还说共产主义是"土豆加牛肉"。反正，电话机离普通老百姓的生活，距离挺遥远。

我清晰地记得，1992年，父母花了三千多元钱（这在当时也算是一笔巨额开支），在家里装了一台电话机。我兴奋极了，第一个念头，就是要用这个电话机，打一个电话给我的好朋友们，告诉她们我家的电话号码。

第一个电话是打给一个姓俞的女同学的。"嘟嘟嘟"几声后，电话接通了。电话那头，传来一位中年男人的声音——"喂"。那一刻，我竟然不知道说什么好。僵在那里，脑子里一片空白。不知是兴奋，还是紧张，我拎着电话筒的手心，竟然在冒汗。想了半天，才憋出一句话，说："喂，这是某某的家吗？"

挂了电话后，爸爸告诉我："打电话时，不用问这是不是谁的家，只要先说你好，再问你要我的人在不在就可以了。"原来如此。

## 3

第二件事，是第一次吃牛排。

大学四年，一直不太舍得花钱。因为明白父母赚钱不容易，父母给的生活费，要省着花。所以，从没去过西餐厅，也没吃过什么七分熟的菲力牛排、肉眼牛排、西冷牛排、T骨牛排……

第一次吃牛排，是 2003 年工作后。拿到了第一个月的工资后，我和比我年长四岁的闺蜜去了一家西餐厅。主食是牛排。我记得自己要了九分熟的。当服务生将牛排轻轻放在我面前时，我看着那副亮闪闪的刀叉，凭感觉，左手拿起了刀，右手拿起了叉，并用叉子叉住牛排往嘴里送。

不料，闺蜜立马纠正了我，说："吃牛排时，应该左手拿叉，按住牛排。右手拿刀，将大块牛肉切割成一个个小块。然后，放下刀子，用右手叉起小块牛肉慢慢吃。"当时，我暗自庆幸，还好这不是在相亲，否则挺不好意思的。

## 4

第三件事，是第一次坐飞机。

大学四年，每次往返，都坐火车。一则火车票实惠，二则反正也不赶时间。第一次坐飞机，已是工作后。2004 年夏天，和朋友们去新加坡旅游。

那次，从去机场的路上到候机、登机，整个过程，我都是"林黛玉进贾府"的心态。提醒自己"步步留心，时时在意，不轻易多说一句话，多行一步路"，跟着同事走，以免自己找不到登机口，闹出笑话来。

说来有趣。那架飞机是有双通道的大型客机，每排有九个座位。因为是第一次坐飞机，我就想当然认为飞机都是这样的。后来，在国内旅游坐飞机时，看到飞机只有一个通道，每排只有六个座位时，忽然感觉飞机不一样了，有点反应不过来。

你们很惊讶，问我为什么二十四岁才第一次坐飞机。你们知道吗？外公外婆将近六十岁时才第一次坐飞机。那是2008年国庆节，我们全家一起去北京旅游，外公外婆第一次坐了飞机。当时，外公还抱着两周岁半的姐姐开玩笑说："外公这么老了，才第一次坐飞机。你这么个小不点，这么小也坐飞机了。"

只能说，时代不同了。

## 5

和你们说了这三个小故事，是想告诉你们，对于"见世面"这件事，我们要有一个平和的心态。

如果我们"见过世面"了，千万不要以为自己有多么了不起。

一来，所谓的"见过世面"，是没有底的。你以为你"见过世面"，但到了一个你经验范围以外的环境，难免还会"出洋相"。任何时候，谦虚低调一定比狂妄自大更不容易出错。

二来，所谓的"见过世面"，不是因为你们智商有多高，而是因为你们赶上了一个好时代。有更多的机会，去更多的地方，看更多的风景，于是，自然就见到了更多的"世面"。

如果你们没有"见过世面"，在某个场合，你们也像妈妈当年那样出洋相了，那么，也不要自卑，不要害羞。告诉自己，这没什么，下次我就懂了。

很多时候，所谓的"见过世面"，是指一个人会很多跟得上潮流的技能。比如，当年我如果能老练地打电话、用刀叉、坐飞机，是否就显得"见过世面"多了？

对于这些技能，会，当然好；万一不会，其实也不要担心。只要你经历了，马上就能学会。

特别是，当你们遇到那些所谓的没有"见过世面"的同龄人，请对他们心存善意，用心帮助他们，而不是笑话他们。

这个世界或许有许多不公平。作为社会中的一分子，我们不该看不起那些因为贫富差距、因为缺乏机会而"见不到世面"的人，我们应该做的，是努力让这个社会变得越来越"机会平等"。

孩子，请你们记得，其实我们每一个人，智商都是差不多的。很多人，只是缺少了一些机会。因此，不要骄傲，也不要自卑，平和地行走在这个世界上，或许可以走得更稳、更远。

2018.11.9

# 所谓"成长"，就是过自己喜欢的生活

1

亲爱的欢、乐：

周末，你们帮我洗车。

这辆汽车，是妹妹出生后买的。妹妹多大，这辆车也多大。风风雨雨中，它已陪伴了我们九年。

你们很认真地擦着车窗、车身、车轮。我试探着问你们："你们觉得，我要不要换辆新车？"

你们不约而同地说："我觉得挺好的，不用换。"

我追问："我记得，前几年，你们说，别人家都换大车了，我们这辆polo车太小了，该换了。"

姐姐想了想，说："妈妈，你不是经常和我们说嘛，不要和别人比，自己喜欢就好。我觉得小红车挺好的呀。"

被你们洗干净后的小红车，在阳光下焕然一新。

我为你们的想法，由衷地感到高兴。

2

一直以来，我们似乎是在"比较"中过完一生的。

239

小时候，和别人比成绩，比荣誉；长大后，和别人比工作，比收入；成家后，和别人比孩子，比老公；退休了，继续和别人比谁家孩子更有出息……

一直以来，我们每一个人，都似乎习惯了"和别人比"，活在一个所谓的"别人的世界"里。

《我的凡人箴言录》中有这样一句话：你想知道一个人的内心缺少什么，不看别的，就看他炫耀什么；你想知道一个人哪方面自卑，不看别的，就看他掩饰什么。

简单地说，我们缺少什么，就想比较什么。

## 3

从20世纪80年代以来，大家普遍都缺少"物质"。因此，对"物质"的比较，成为一种常态。

我记得，大家喜欢比"吃什么"。那时，我家住在父母单位分配的筒子楼里，每家每户的厨房就在门口走廊上。一到晚饭时间，大家就在走廊上奏响了"锅碗瓢盆交响曲"。总有一些人，喜欢溜达到别人家，看看别人家今晚吃什么，有什么菜。如果看到别人家荤菜少，就会酸溜溜地说："哦哟，这么节约啊……"

90年代，开始比家电。比谁家装了电话机，买了彩电、冰箱、洗衣机。我家原先是一台12英寸的黑白电视机。每次家里有客人来，都会半开玩笑地催我爸妈："你们两个双职工，怎么还看黑白电视机？赶紧买个彩电呗。"

90年代中后期，"大哥大"开始出现。在街头手持"大哥大"的老板们，总是声音特别响亮地对着"大哥大"吼。更夸张一点的，还有助手帮忙拎着装有"大哥大"的包包，尾随其后。

进入 21 世纪，开始比手机，比汽车，比房子……手机比品牌，能用"苹果"就不用"小米"；车子比档次，从二十万元到五十万元到几百万元；房子比规模，从套房到排屋到别墅……

很多时候，不是我们想过怎样的生活，而是被别人的比较裹挟着前进。正如《红楼梦》中落难秀才甄士隐为《好了歌》作的注解——乱哄哄你方唱罢我登场，反认他乡是故乡。甚荒唐，到头来都是为他人作嫁衣裳。

当我们活在"别人的世界"里时，我们发现，攀比，永远是没有尽头的。或者，攀比，就像一个路标。这个路标，是快乐的尽头，是焦虑的开始。

## 4

前几年，去欧洲旅游。走在德国街头，随处可见大众高尔夫、大众迈腾、大众 polo、斯柯达明锐等小车。

在这个盛产奔驰、宝马、奥迪的"汽车王国"，德国人对汽车的选择，其实只是看是否适合自己。

于是，在德国，我开什么价位的车，和我有没有钱，没有什么关系。

又比如脸书创始人扎克伯格。作为全球最年轻的亿万富翁，他的日常生活，却简单到不能再简单。他日常着装，通常是一件深色套头 T 恤，日常出门，通常开一辆一万多美元的本田飞度（约十万人民币）。在他看来，简单的生活，可以让他有更多时间和精力去做他想做的事。

当"物质"没有什么值得炫耀时，这个社会，是真正的进步；社会中的个人，是真正的成熟。

## 5

同样的，学会从"和别人比"到"和自己比"，也是一个人走向成熟的标志。

当一个人的精神世界足够富有，他就有足够的自信。他相信，他的价值不需要通过物质来体现。

简单地说，他用什么牌子的手机，开什么价位的汽车，住多大的房子，只要是他自己喜欢的，就可以。即使在别人看来，汽车不够高档，房子不够豪华，又有什么关系呢？

一个精神富有的人，会习惯于"和自己比"。比如，今天的我，是否比过去的我，学习了更多知识？明白了更多事情？领悟了更多道理？

一个精神富有的人，会对自己有所要求。要求自己保持一种积极向上的状态，要求自己一直在路上，要求自己每天进步一点点。

## 6

孩子，我想到了你们的考试。

自从你们读小学以来，我就常常告诉你们，考试，就像啄木鸟，是帮助你们发现知识漏洞的。考试中不会做的题目，就是你们的漏洞。把这些漏洞补上，就是考试的意义所在。

现实生活中，很多时候，父母关注孩子成绩的排名，超过了成绩本身。当孩子告诉父母考试成绩时，父母的第一个反应，往往是问孩子："你这个成绩，排在全班第几位？"

于是，考试就变味了。在孩子心里，考试不再是帮助他们发现漏洞的啄木鸟，而成了父母脸上的"阴晴表"。

姐姐的考试成绩一直比较稳定，因此我几乎从来都不问姐姐考了几分，除非姐姐主动告诉我。妹妹成绩不太稳定，我偶尔会问。但问的时候，我不会问妹妹排名第几，而是问她做错了哪些题目；通过订正，这些题目是否真正搞懂了。

我提醒你们多"和自己比"。如果这次考试比以前有进步，说明最近学习状态好；如果退步了，就提醒自己迎头赶上。

我相信，不和"别人"比，多和"自己"比，会让你们对考试有一个正确认识，不再焦虑。

## 7

生命是自己的旅程，不要活成别人。

我们的一切努力，其实就是为了过"自己"喜欢的生活。当我们成为了更好的"自己"，过一种"自己"喜欢的生活时，我们就成功了。

当然，这个成功，或许不是世俗意义上的成功，但却是我们内心深处的成功。

孩子，最后，让我们一起重温杨绛老人的百岁感言吧：

我们曾如此渴望命运的波澜，到最后才发现，人生最曼妙的风景，竟是内心的淡定与从容。

我们曾如此期盼外界的认可，到最后才知道，世界是自己的，与他人无关。

2018.11.30

（五）番外：「年糕妈妈」专栏文章

▼▼▼

# 当个好妈妈其实很简单，忙点就好了

## 1

母亲节那天，我和孩子们参加了某卫视的一档亲子节目。

节目组采访了九组来自全省各地的母子或母女，让大家聊聊孩子眼中的妈妈以及妈妈心中的孩子。

节目组采访我的女儿们："在你们眼里，妈妈最大的优点是什么？"

我很好奇，女儿们会如何回答。

她们的答案，其实很简单，只是三个字："不唠叨。"

当我听到这个答案时，有点小开心。

长久以来，中国的妈妈们一直容易犯一个错：唠叨。

当女儿们认为我不唠叨时，说明我已经成功地改掉了这个"千年陋习"。

我不想成为一个只会一天到晚追着孩子问"你想吃什么？衣服够暖和了吗？头发洗干净了吗？"的妈妈，而想成为一个能和孩子在精神世界对话的妈妈。

## 2

2015年暑假，十岁的大女儿乐乐参加了一个为期一周的舟山海洋夏令营。

一周很快就过去了，乐乐回来了。她兴奋地向我们展示她亲手做的大虾标本和沙滩上捡来的漂亮贝壳，叽叽喳喳地说着夏令营的种种趣事。

忽然，乐乐问我："妈妈，我不在家，你不想我吗？"

我说："当然想咯！"

乐乐说："那为什么不给我打电话呢？"

我说："你希望我打电话吗？"

乐乐歪着小脑袋，想了想，说："其实还是不打电话好。"

我问为什么。

她说："我们宿舍里，一共四个小朋友。除了我以外，其他三个小朋友的爸爸妈妈每天都会打电话来查岗，有的甚至一天打三个以上。总是问她们吃得好不好？睡得好不好？穿得够不够多？她们都很羡慕我，说我妈妈最好了，不唠叨，不烦人。"

我搂着她说："这是你长这么大第一次离开爸爸妈妈独自远行，妈妈希望给你一个独立的空间，让你真正'小鬼当家'。"

## 3

孩子不喜欢唠叨的爸爸妈妈，孩子喜欢的是可以和他们谈心聊天的爸爸妈妈。

但中国的父母，往往喜欢在生活上唠叨孩子，却在精神上忽略孩子。

问大家一个简单的问题，你有多久没有和孩子聊得很嗨了？是那种放下手机、全神贯注地和孩子聊得很嗨哦。

或许，很多父母以为，周末陪伴孩子，无非是带孩子逛逛商场、看看电影、吃吃美食，然后自我安慰，今天我陪了孩子一天。

这是增进亲子感情的有效陪伴吗？其实，不是的。

我们能否慢下脚步，和孩子们天南地北地聊会天？倾听孩子们在想什么，在期待什么，在烦恼什么，或者，和孩子们说说自己在忙什么。工作上的，生活上的，都可以聊。

不要担心孩子听不懂，孩子其实很乐意了解父母的看法和想法。

这样的聊天，不是孩子讨厌的单向唠叨，而是孩子喜欢的双向沟通。

## 4

为何中国父母，特别是中国的妈妈们特别爱唠叨？

原因至少有这两个方面：一是妈妈们对孩子的生活自理能力有各种不放心，似乎只有千叮咛、万嘱咐，孩子才不会出状况；二是妈妈们没有自身的成长规划，妈妈的人生，似乎只是为孩子而活。

关于孩子的生活自理能力，我一直相信，只要父母愿意放手，孩子一定可以比我们想象中做得更好。

女儿们还在读幼儿园时，我就开始渐渐放手，让她们学会自己洗澡、洗头发，做自己力所能及的事。

所以，当大女儿十岁去参加夏令营时，我一点都不担心她的生活自理能力，自然不会打电话去唠叨这些生活琐事了。

关于妈妈们自身的成长，我一直相信，最好的成长，是父母和孩子一起成长。只有父母好好学习，孩子才会天天向上。

节目组问我："成为母亲后，孩子带给你的最大改变是什么？"

我回答："是成长。孩子终将长成父母的样子，我希望孩子成为怎样的人，我首先应该成为怎样的人。因此，成为母亲后的十二年里，我一直在成长。"

我一直保持阅读的习惯，每年阅读不少于三十本书。

我也一直保持写作的习惯。2016年，写了五十多万字。

2017年1月，出版了我的第一本书。

当妈妈们"忙"着自身成长时，一定会自觉地改掉"唠叨"的习惯了。

因为，哪有这个"闲"工夫去做"唠叨"这件没有意义的事呢？

### 5

妈妈们，别把劲儿都使在孩子身上了。

孩子爱的，永远不会是只会唠叨的妈妈，而只会是那个关注自身成长、关注孩子精神世界的妈妈。

因此，从今天起，试着去改变吧。

2017.5.31

# 孩子比老公重要？凭什么

## 1

某天，看到一位好友在朋友圈发了这样一条微信：

> 每次老公问我，他重要还是女儿重要的问题，我都觉得他有点自取其辱。这还用说嘛。用我一朋友的话说，年纪大了，只觉得缺个孩子，根本不觉得缺个男人。（我可能把朋友圈的男人都得罪了……）

好友和老公感情甚好。她这条微信，当然只是调侃老公而已。

## 2

或许，对男人来说，史上最难回答的，是老婆问你："我和你妈同时落水，你救哪个？"

几乎所有男人都会含糊其词，不了了之。

不过，对女人来说，史上最容易回答的，是老公问你："我和孩子，你更爱谁？"

几乎所有女人都会不假思索地告诉老公："还用问吗？当然是孩子。"

爱孩子，似乎是女人的天性。

不仅是人类，动物界也是如此。

比如，澳大利亚雌性红背蜘蛛，完成交配后，会将雄蜘蛛吃掉，确保有足够营养孕育小蜘蛛。

看来，在动物世界里，孩子比配偶重要得多。

### 3

作为万物之灵的人类，真的和其他动物一样，爱孩子胜过爱老公（老婆）吗？

人类爱孩子，和鸡妈妈爱小鸡，真的一样吗？

一个偶然的机会，我听到了这样一个观点：家庭中，不要把孩子放在第一位。

一个父亲能为孩子做的最好的事情，就是好好爱他的妈妈。同样，一个母亲能为孩子做的最好的事情，就是好好爱他的爸爸。

这样的家庭关系，是和谐融洽的。在这样的家庭关系里成长的孩子，是健康快乐的。

### 4

2016 年,《罗辑思维》创始人罗振宇喜得一对双胞胎女儿——罗思思和罗维维。

罗胖中年得女，狂喜之情溢于言表。特地请假三个月，请朋友代班《罗辑思维》节目。

三个月后，罗胖复出。他在复出后的一期节目中谈到了老婆和女儿。

他说："我和老婆说，虽然有了女儿，但夫妻关系仍然是家庭中的第一关系。我和你才是这个家里的主人，两个女儿只是房客。房客嘛，住上十几年后就要离开了，但我俩是一辈子都在这个家里的。日子归根到底是我俩一起过的。"

这番貌似调侃的话，透露着一个中年男人的智慧。

智慧的罗胖，其实正在往这个目标努力——一个父亲能为孩子做的最好的事情，就是好好爱他们的妈妈。

## 5

这方面，我和罗胖的想法一致。

爱之深，责之切。关心则乱，过犹不及。

如果父母把孩子放在第一位，把孩子看得太重，反而会以"爱"的名义，干扰了孩子的正常成长。

生活中，我是一个"大大咧咧"的妈妈。对孩子的衣食住行，我向来愿意"放手"。

比如，孩子读幼儿园后，我就鼓励她们自己洗澡、洗头发，把头发吹干。

朋友问我："让孩子自己洗，你就不怕她们洗不干净吗？万一沐浴露、洗发水没冲洗干净，残留在身上，怎么办？"

我说："没关系啊，今天洗不干净，明天洗，明天洗不干净，后天洗。总有一天，会洗干净的。"

其实，孩子远比我们想象的能干。印象中，我只给女儿们讲解过一次洗澡、洗头发的要领。

第一次，她们或许笨手笨脚；第二次，或许仍然不够熟练；但第三、四次后，她们完全可以搞定了。

## 6

当你将注意力从孩子身上移开后，你会发现，你忽然多出了很多可以自由安排的时间。

比如，原本你要帮孩子洗澡、洗头发，放手给孩子做之后，你可以和老公坐在客厅里喝喝茶、聊聊天、看看书了。何乐而不为呢？

我们完全可以把孩子看成家庭成员中的普通一员。每个家庭成员都有自己的职责所在，孩子当然也不例外。

比如，从周一到周五，父母应该管理好自己的工作，孩子应该管理好自己的学习。

孩子们说学习好累，难道父母工作不累吗？

因此，当孩子抱怨学习辛苦时，我们可以明确地告诉孩子："这是你们作为家庭成员应该履行的责任，你们学习是为将来工作积蓄能量。"

比如，每个周末，我会安排半天作为家庭大扫除的时间。孩子们的床铺、书桌、书架，由孩子们自己整理，我和先生从来不代劳。

该让孩子做的家务活，父母真的不必大包大揽。

请记住，任何时候，不要把孩子放在第一位。

当你做到了这一点，会有意想不到的惊喜。

2017.6.30

# 孩子想住别墅，你只会说 "没钱" 就真的输了

*1*

最近抽时间又看了一遍央视的《朗读者》，把十二期节目全部重温了一遍。

其中，第四期嘉宾李亚鹏提到他和女儿之间的对话，让我颇有感触。

李亚鹏说："这两年我就会时不时地问嫣儿，你来到这个世界上的使命是什么？嫣儿本来听不太懂，我就说，每个人来到世界上是有任务的。我每次在早餐时逮住她问三四次，把她问急了，她就说，那你呢？我说，我也找了很多年才找到，我希望来到这世上，能让世界变得美好一点点。嫣儿听了我的回答，想想之前自己说的画家啊，设计师啊，说之前那些都不算，我再想想。"

董卿问李亚鹏："嫣儿今年才十岁，现在就问这些会不会太早了？"

李亚鹏说："不早，我小时候就是这样被我父亲提醒的。"

## 2

"现在就问这些会不会太早了?"

董卿的疑问,或许也是生活中大多数父母的疑问。

我们总觉得,十岁以内的孩子,什么都不懂,不用和他们聊人生、聊未来、聊梦想,这些话题应该是长大以后的事吧。

我们总以为,十岁以内的孩子,只对吃喝玩乐感兴趣,对这些涉及人生观、价值观、世界观的话题不会感兴趣。

其实,我们低估了孩子。

我想起自己小时候学骑自行车的情景。

自行车真是一个奇妙的东西。当你不会骑时,怎么努力都会翻车;当你会骑了,怎么随意都不会摔倒。

我刚学时,眼睛总是盯着车把手,偏偏把手不听话,总会突然一歪,我就连人带车摔倒在地。

每每此时,父亲总是提醒我:"骑自行车时,眼睛要看前方的路,不要总盯着眼皮子底下的车把手。越盯着车把手,车越容易摔倒。"

父亲的方法确实管用。当我学会将目光从车把手移向前方时,不知不觉中找到了一种平衡感,自然就学会骑车了。

我讲这个学骑自行车的故事,其实是为了说明,孩子的人生路,也像骑自行车,如果只盯着眼前,或许会欲速不达;如果学会看前方,人生路会越走越宽广。

套用高晓松的"生活不只眼前的苟且,还有诗和远方",我们和孩子聊天时,"不要只聊眼前的琐碎,还应聊聊未来和梦想"。

## 3

我记得，大女儿还在读幼儿园时，有一次陪她散步，路过一个高档小区，她一脸羡慕地问我："妈妈，为什么别人可以住大房子，我们只能住小房子？"

我知道女儿是在羡慕高档小区中的别墅，这时，我可以简单地打发她说："因为我们没钱。"但我没有这样做。

我说："因为每个家庭的经济收入不一样，每个家庭都要量力而行。如果有很多钱，当然可以买大房子，但像爸爸妈妈这样的工作和收入，暂时还买不起大房子。妈妈觉得，我们现在住的三室两厅也很不错啊，比妈妈小时候住的两室一厅宽敞多了。我们要知足哦。"

女儿点点头，但还是问了一句："妈妈，那我们什么时候才有钱买别墅呢？"

我说："钱可以花在不同地方，爸爸妈妈想用钱带你和妹妹去更多想去的地方，买更多喜欢的书，学更多想学的兴趣爱好。如果你很想住别墅，只能靠自己了。"

女儿一脸茫然，说："可是，我还小啊？"

我说："虽然你现在还小，但你可以从现在开始学知识，学本领，如果你有足够能力和才华，长大后就能拥有一份比爸爸妈妈收入更高的工作。到那个时候，就有可能买别墅咯。"

女儿追问："比爸爸妈妈收入更高的工作有哪些呢？"

我向女儿列举了一些她能理解的工作，比如医生、律师、大学教授、服装设计师……

女儿忽然兴奋地说："妈妈，我喜欢画画，我将来要当服装设计师，设计很多很多漂亮的衣服……"

这个晚上，我们从大房子聊起，不知不觉聊了知足、努力、奋斗、梦想……

从此以后，大女儿再也没有羡慕过别人住大房子。或许，她已经明白，想要住大房子，不能靠爸爸妈妈，要靠自己的学习和努力。

4

前几天，和一位对教育颇有想法的朋友聊天。她说："看父母和孩子的交流沟通好不好，只要问她一个问题，你最近一次和孩子聊得很嗨，是何时？"

"聊得很嗨"，不是指父母对孩子下一连串"指令"，孩子照做就是，而是和孩子天南地北地聊，住进孩子的心里，倾听孩子内心的声音。

请记得，不要因为忙而三言两语敷衍孩子、打发孩子，每天留出半小时，和孩子聊聊那些事关人生观、价值观、世界观的话题吧。

只有一个"三观"明朗、懂得未来的孩子，才可以成为自己人生的主人。

2017.8.5

# 怎么带好孩子？别当成亲生的

## 1

昨晚9点，大女儿参加完同学的生日聚会回家。一进门，就递给我一个礼品袋。她俏皮地说："妈妈，你的生日快到了，我今天和同学去逛商场，给你买了礼物哦。"

我一阵惊喜，连忙打开礼品袋，里面有三个礼物。一个是玫瑰花纹的手镯，一个是有小天鹅挂坠的项链，还有一个是粉色的化妆镜。

我连连说真好看，她说："妈妈，你坐下来，我帮你戴上吧。"

她一边用肉嘟嘟的小手帮我戴着，一边说："妈妈，从小到大，我过生日时，你都会给我买礼物。今后，你过生日时，我也会给你买礼物哦。"

一旁的小女儿也凑到我耳边，对我说悄悄话："妈妈，我的礼物也准备好了，等你生日那天给你哦。"

那一刻，我觉得，孩子们真的长大了，会用我们爱她们的方式爱我们了。

甚至，孩子对我们的爱，比我们对她们的爱，更单纯，更无私，更全心全意。

## 2

父母当然都是爱孩子的。

但不知为何，在成人的世界里，说起孩子时，难免会有一些比较。比如，别人家的孩子更好看，别人家的孩子更聪明，别人家的孩子更优秀……

带上"比较"之后的爱，似乎不再单纯了。

在《亲爱的安德烈》一书中，安德烈对母亲龙应台说了这样一段话："妈妈，你跟我说话的语气跟方式，还是把我当十四岁的小孩看待，你完全无法理解我是个二十一岁的成人。你给我足够的自由，但是，你一边给，一边觉得那是你的'授权'或'施予'，你并不觉得那是我本来就有的天生的权利。……你到今天都没法明白：你的儿子不是你的儿子，他是一个完全独立于你的'别人'！"

安德烈的这番话，一语惊醒梦中人。至少，我被惊醒了。

正如安德烈所言，中国父母的普遍心态，还是认为孩子是父母的附属品。因为是附属品，所以父母会"自以为是"地命令孩子、管教孩子，拿自家孩子和别人家孩子比较，并对孩子提出更多、更高的要求……

我们经常对孩子说的一句话，或许就是"孩子，我这是为你好……"不知不觉中，我们以"爱"的名义在"伤害"孩子。

这样的爱，需要反思。

3

这一点，我们真的不如孩子。

年幼的孩子心里，从来不会拿自己的父母和别人家的父母做比较。

"我的爸爸妈妈，一定是最棒的。"大多数孩子心目中的第一个偶像，一定是父母。

朋友C是一个八岁女儿的妈妈。前不久，她被女儿学校评为"博雅五心家长"，写了一篇题为《做一个心平气和的家长》的获奖感言。

她说："我会努力成为一个心平气和的家长，以一个自己喜欢的优雅的方式，少一些急功近利，少一些焦头烂额，少给孩子一些包袱。当她想说话时，多一点倾听；当她不想说话时，就给一点时间；当她需要鼓励时，就送上一个满怀的拥抱；当她害怕时，告诉她，妈妈始终在她身边。"

是的，真正的爱，是即使孩子是"丑小鸭"，也会发自肺腑地去爱他；真正的爱，是明白每个孩子都是独一无二的存在，不必苛求孩子完美，不必苛求孩子替父母长脸；真正的爱，是只要孩子健康、快乐成长就好。

4

当我们真正爱孩子时，孩子一定会加倍爱我们。

二十年前，当我还是一个高中生时，我很欣赏我表姐的教育理念。

表姐比我大十二岁，她的女儿，今年二十岁。

表姐教育女儿的方式，和二十年前绝大多数父母不一样。

她从不强迫女儿做什么事，总是站在孩子的角度，为孩子着想。

比如，女儿还很小时，带她去打针，女儿怕疼，不肯打。表姐不会像其他妈妈那样吓唬孩子或强迫孩子，而是对女儿讲《勇敢的小兔子》之类的故事。女儿听懂了，愿意打针了。即使有点疼，也懂事地忍住不哭。

表姐用她善解人意的爱，培养出了一个懂事贴心的女儿。

表姐说，女儿考上大学，离开家的那一刻，搂着她的脖子说："妈妈，谢谢你做我的妈妈。"女儿放暑假回家，拉着她的手坚定地说："妈妈，我大学毕业后一定努力工作，要带你游遍全世界。"

我对表姐说："你培养了一个超级懂事的孩子，女儿要谢谢你。"

表姐说："其实，我很感恩女儿，与其说我是她生命成长的引领者，不如说她是我生命成长的帮助者。我和女儿的生命里，互相有一种感恩。"

## 5

我们当下的感恩教育，只是告诉孩子要孝顺父母，感谢父母的养育之恩。但表姐看到了另一种感恩。

感恩是相互的。身为父母，何尝不应感恩今生和孩子的遇见，感恩孩子带给我们的快乐？

"养孩子是为了什么？"

三十年前，大多数人会说，养孩子是为了传宗接代，是为了养儿防老。今天，我们会如何回答呢？

我的回答是，为了遇见。

身为母亲，我想对女儿们说："孩子，今生能和你们牵手共度生命中的一段旅程，这是妈妈能想到的最美好的事。"

感恩遇见，感恩同行。

2017.8.13

# 王菲家的窦靖童：
# 一个有教养的孩子，不会去学坏

*1*

1997 年 1 月 3 日出生的窦靖童，今年二十岁了。

身为王菲和窦唯的女儿，窦靖童一出生就自带光环。

1998 年，还不会说话的窦靖童，在妈妈王菲为她创作的歌曲《童》中首次献声。

1999 年，两岁的窦靖童，在王菲的歌曲《只爱陌生人》中再次献声 "Come on, baby"。

2011 年，十四岁的窦靖童，组建了自己的乐队并担任主唱。2012 年以来，先后推出原创英文单曲 *With You*, *On The Beach*, *Blue Flamingo*, *My Days*, *River Run* 等。

二十岁的窦靖童，染发、文身、玩摇滚、出唱片……似乎是个叛逆少女。

但看了她在不同场合的采访视频后，你会发现，她其实是一个很有教养的孩子。

比如，记者采访她时，她会问记者要不要换一个舒服点的座位。

比如，助理不小心把咖啡泼在电脑上，她会立即帮忙处理。

比如，采访结束后，她会记得把椅子挪回原位。

比如，她去咖啡馆打工，有客人要和她合影，她会小心提醒"不好意思，我在上班"。下班后，她会记得把答应签名的CD签上名，放在柜台……

这些细节，足以看出窦靖童的教养。

## 2

教养是什么？教养是懂得尊重别人。

日常生活中，教养无处不在。

比如，遇见长辈主动问好，是教养；得到别人的帮助时主动说谢谢，是教养；家里来了客人，主动为客人端茶递水，是教养；吃完饭后，和一桌子吃饭的人说一声"我吃完了，你们慢慢吃"，是教养；起身时，将座椅归回原位，是教养；关门时，把门轻轻掩上，而不是"砰"的一声巨响，是教养；递给别人东西时，尽量用双手，而不是随手甩过去，是教养；说话时，不大声嚷嚷，不尖酸刻薄，是教养；别人说话时，认真聆听，不随意打断，是教养……

王菲写给窦靖童的歌曲《童》中，有句歌词是："你不能去学坏，你可以不太乖。"王菲一方面鼓励窦靖童有自己的个性，允许她"可以不太乖"，一方面坚守原则，那就是"不能去学坏"。

一个有教养的孩子，一定不会去学坏。

王菲是一个明智的母亲，因为她抓住了家庭教育的根本——先学做人，再学做事。做人是本，做事是末。

3

有这样一个故事——

三个妈妈在井边打水，一位老爷爷坐在旁边的石头上休息。

一个妈妈说："我的儿子既聪明又有力气，谁也比不过他。"

一个妈妈说："我的儿子唱起歌来好听极了，谁都没有他那样的好嗓子。"

另一个妈妈什么也没说。

那两个妈妈问她："你怎么不说说你的儿子呀？"

这个妈妈说："有什么可说的，他没有什么特别的地方。"

三个妈妈打了水，拎着水桶回家去，老爷爷跟在她们后边慢慢地走着。

一桶水很重，三个妈妈走走停停，胳膊都痛了，腰也酸了。

这时，迎面跑来三个孩子。一个孩子翻着跟头，像车轮在转，真好看。一个孩子唱着歌，歌声真好听。一个孩子跑到妈妈跟前，接过妈妈手里沉甸甸的水桶，提着走了。

一个妈妈问老爷爷："看见了吗？这就是我们的三个儿子，怎么样啊？"

"三个儿子？"老爷爷说，"不对吧，我可只看见一个儿子。"

老爷爷眼中的那一个"儿子"，就是主动替妈妈拎水桶的儿子，一个懂得孝顺母亲、有教养的孩子。

那么，另外两个孩子呢？即使他们跟头翻得再好看，歌唱得再好听，又有什么用？因为他们连最起码的对母亲的孝顺和尊重都没有。他们身上，教养缺失。

一个没有教养的孩子，掌握再多技能也是枉然。

## 4

生活中，有教养的孩子，会比没有教养的孩子，拥有更多"好运"。

朋友Z是小学老师。她告诉我，她当一年级班主任时，新生开学那天，特地在班级门口的走廊上放了一把扫帚，且故意倒在地上。她想看看，孩子们会不会将扫帚扶起来。

结果，大部分孩子都视而不见，从扫帚旁边走过……终于有一个孩子，经过扫帚旁边时，蹲下身，将扫帚轻轻扶起，靠在墙壁上。她欣慰地笑了，记住了这个孩子。

朋友G的孩子，前几年参加杭州一所私立学校的面试。那一年，有一万多名孩子报考，但只录取五百个孩子。结果，朋友的孩子顺利通过了。

朋友G说，孩子的成绩固然不错，但令面试老师印象最深刻的，不是成绩本身，而是孩子的教养。

据面试老师说，面试结束后，大多数孩子站起身就走，但朋友的孩子起身后，却主动将椅子放回原位，再轻轻掩上门离开。

这个细节给面试老师留下了深刻印象。

## 5

"晚清中兴四大名臣"之一的曾国藩，留给世人一本《曾国藩家书》。

当大多数官宦之家难以逃脱"盛不过三代"的魔咒时，曾氏家族却英才辈出，涌现了曾纪泽、曾广均、曾广铨、曾昭抡、曾宪植等一代代杰出人物。

曾国藩的教育秘诀，就在《曾国藩家书》中。

他有一个著名的"三看论"，可以看出一个家庭的兴衰成败。

第一看，看子孙睡到几点。假如睡到太阳都已经升得很高的时候才起来，那代表这个家族会慢慢懈怠下来。

第二看，看子孙做不做家务。勤劳的习惯一旦养成，会让人受益终身。

第三看，看子孙读不读圣贤经典。"人不学，不知道。"唯有饱读圣贤书，才能辨是非明道理。

这三看中，早起是"修身"，做家务是"齐家"，读圣贤书是"正心"。这些，其实就是教养。

有教养的孩子，不仅不会学坏，而且更容易成才。

王菲和曾国藩的教育，都证明了这一点。

2017.8.16

# 不是金钱、不是房子、不是珠宝，
# 李嘉诚给孩子最珍贵的东西，是这个！

## 1

李嘉诚先生说："一个人事业上再大的成功，也弥补不了教育子女失败的缺憾。"

李嘉诚的家庭教育无疑是成功的。

要了解他的教育理念，可以从他和家人吃饭的视频开始。

## 2

李嘉诚家有个规矩，无论工作多忙，每星期一晚上，一家人都要腾出时间，一起吃个晚饭。

视频中，一家人围坐在一张中式圆桌旁。李嘉诚居中，大儿子李泽钜在右，小儿子李泽楷在左。

简单几个家常菜，大家一边吃，一边聊。

李泽钜聊起他女儿 Michelle（中文名李燕宁）近期有点犯"公主病"。

李嘉诚立即正色道："你们千万不要鼓励她。"

李泽钜连连点头，说："没鼓励她，我骂她了。"

然后，李嘉诚顺着这个话题，对儿子们讲起了为人处世的道理。

这时，一位用人给李嘉诚端来一碗汤。李嘉诚对用人点头微笑，说："谢谢，我过一会再吃。"

用人会意，把汤端走，李嘉诚再次说了声"谢谢"，才继续和儿子们聊天。

这个短短几秒的镜头，我反复看了三次。

### 3

19世纪英国教育家、著有《教育论》的赫伯特·斯宾塞说："野蛮产生野蛮，友爱产生友爱，这是真理。"

李嘉诚对人的尊重，不仅是饭桌上对用人的尊重，还体现在其他许多细节。

比如，他请人吃饭时，会到电梯口迎接客人，然后给每个客人发名片，即使他的名气已经不用名片了。

比如，开始吃饭时，他会让客人们抽签，根据抽签号码落座，彼此不分尊卑。

比如，他送客人时，会与大家一一握手，包括边上的服务人员。然后送大家到电梯口，直到电梯门关上才离开。

李嘉诚对人的尊重，是对孩子最好的言传身教。

李嘉诚说："孩子们小时候，我和他们在一起时，99%的时间，是教他们做人的道理。现在，我们三分之一的时间会谈论生意，但三分之二的时间，依然会教他们做人的道理。"

关于李嘉诚的育儿心经里，还有另一则很有意义的故事：

两个儿子小时候，李嘉诚带他们坐电车、坐巴士，去破旧的棚户区"体验生活"，这样的做法坚持了四年。

这样的做法并不是矫情，而是一个站在人生更高的地方的智者，给孩子的引导和教育：只有看见更多和自己身边不同的景象，才能了解这世界真实的样子，才不会有"何不食肉糜"的笑话。

李嘉诚坚信，只有先做一个好人、一个正直的人，别人才愿意和你交往、合作，你才能真正成功。

### 4

让孩子从小懂得尊重别人，事关孩子一生的幸福。

朋友Z的女儿，从高一开始到英国读书，大学毕业后回国，如今在杭州工作。

朋友说，在国外的七年，她在女儿身上，看到了最可贵的一点变化，那就是发自内心地尊重别人。

比如，和女儿逛商场。每次掀商场门口的帘子时，女儿都会回头，看看后面有没有人，防止帘子甩到别人身上。如果后面的人距离不远，她会掀着帘子，等后面的人进来后再放下。

"一开始，我觉得女儿有点傻气。但女儿说，她傻人有傻福。事实确实如此，女儿人缘特别好，一直挺顺风顺水的。"朋友Z感叹。

### 5

想让孩子从小尊重别人，身为父母，不仅要带头尊重别人，也应尊重孩子。

只有以应有的尊重来对待孩子，孩子才会真正懂得尊重。

比如，如果想让孩子帮自己做什么事，可以对孩子说："请你帮我……好吗？"而不是用强硬的命令口气。

当孩子帮父母做了某件事，父母应该对孩子说一声"谢谢"，而不是觉得理所应当。

有时候，孩子不是故意不尊重人，可能只是不懂。这种时候，就需要父母及时告知和提醒。

著名画家丰子恺讲过这样一个故事。

有一次，他请一位朋友到饭馆吃饭，让孩子们一起参加。孩子们才十来岁，刚吃完饭就坐不住了，向父亲提出要先回家，丰子恺马上悄悄地制止了孩子。

后来，回到家里，丰子恺对孩子们说："我们家请客，你们也是主人。如果主人比客人先走，那是对客人的不敬。"孩子们听懂了父亲的话。从此，家里请客吃饭时，孩子们都争当好客的小主人。

## 6

我女儿也曾有过类似的故事。

女儿还在读幼儿园时，有一次，我让她帮我去小区传达室取快递。不一会，她一脸沮丧地回来了。

我问她怎么了，她说："妈妈，传达室的爷爷批评我没有礼貌。"

"你见到传达室爷爷时，有没有说爷爷好？"

"没有，我只是说妈妈让我来拿快递，我是几幢几室的。"

"孩子，见到长辈时，应该先问好，比如爷爷奶奶好，叔叔阿姨好，然后再说具体的事情，这样才有礼貌，别人也才乐意帮你。"

女儿点点头，记在了心里。从此，她每次去传达室，都会甜甜地叫一声"爷爷好"或"伯伯好"。他们高兴地说："这小姑娘真懂事，有礼貌。"

有几次，快递有点重，女儿拿不动，他们就主动帮忙将快递拿到家里。

女儿真真切切地感受到了尊重他人带来的快乐。

人与人之间的尊重是相互的。一个尊重别人的孩子，他得到的，一定比他付出的更多。

从这个角度来讲，尊重别人，既是"利他"，也是"利己"。

尊重别人的最大受益者，其实是自己。

2017.8.23

# 郭晶晶穿五十五块钱的 T 恤、戴五毛钱的发圈，嫁入豪门为了啥

1

2012 年 11 月，奥运跳水冠军郭晶晶嫁给霍英东长孙、霍震霆长子霍启刚，从"跳水皇后"华丽转身为豪门阔太。

不过，和其他豪门阔太不同的是，郭晶晶和霍启刚结婚后，夫妻俩搬出了占地三千平方米的霍家豪宅，住进了一百八十五平方米的公寓，过起了自给自足的小日子。

谁说豪门媳妇一定奢侈高调？郭晶晶凭借她从二十多年运动生涯中磨炼出的吃苦精神，用一颗平常心，有意识地过着一种在豪门看来有点另类的生活。

但，正是这份另类，给了一双儿女健康的成长环境。

2

郭晶晶和霍启刚为何要搬出霍家大宅？

据香港媒体报道，一个很重要的原因是，霍家内部曾发生争产风波。为避免更多是是非非，小夫妻决定搬出霍家大宅，过清净的生活。

事实证明,小夫妻的决定是对的。搬离豪宅后的生活,没有了那些所谓的豪门恩怨,一家人相处得更为融洽。

继 2013 年 8 月 27 日生下儿子霍中曦后,今年 4 月 24 日,郭晶晶再度诞下一女,爷爷霍震霆亲自为孙女取名霍中妍。

香港豪门大多崇尚多子多福,当霍震霆被记者问到想不想再添孙子时,霍震霆不像一般的豪门家长那样"说一不二",而是笑呵呵地说:"这要去问孩子的爸妈,孩子的事应该由父母来决定。"

不走寻常路的晶刚夫妇,用他们的低调和简单,收获了豪门婚姻一直以来最稀缺的幸福——夫妻恩爱,家人和睦。

## 3

晶刚夫妇的低调和简单,不是偶尔为之的作秀,而是生活的常态。

据港媒报道,小夫妻搬家时,没有找其他帮手,而是自力更生,分工合作。霍启刚负责搬重物,郭晶晶负责拿生活用品等。

运动员出身的郭晶晶力气很大,双手拿着一大箱衣服,右手又钩住另一袋子,在楼梯上行走,应付自如。霍启刚则背着一个大编织袋,里面装了很多东西,略显吃力。夫妻俩并不叫苦,顺利完成搬家。

郭晶晶长住香港,虽然身边接触的都是贵妇阔太,但她的穿衣打扮依然极其普通。常常是一身牛仔配 T 恤或运动装。

她穿过的一件蝴蝶印花 T 恤,成了淘宝爆款,广告语是"豪门儿媳郭晶晶超节俭,五十五元就可与其撞衫"。

即使是 2015 年 9 月 3 日受邀到北京天安门观看纪念中国人民抗日战争暨世界反法西斯战争胜利七十周年阅兵式，郭晶晶也是一身家常衣服。

那天，她身穿白底水墨花纹长袖上衣，搭配一条蓝色七分裤和一双平底鞋，手中拎着一个价值几百元的白色小包，简单扎了一个马尾辫，挽着霍启刚的手，素面朝天地微笑着。

这样的衣着打扮，对豪门儿媳郭晶晶来说，似乎有点朴素到寒酸，但晶刚夫妇都不在意，他们的注意力都在阅兵式上。

接受记者采访时，她开心地说："阅兵的每个环节都很期待，最想把这些画面带回家给孩子看。"此时，儿子霍中曦刚满两周岁。

当被记者问到嫁入豪门会不会紧张时，郭晶晶自信地说："他是豪门，我是冠军，我并没有高攀。"

用一颗平常心去生活的郭晶晶，依然会用五毛钱一个的塑料发圈，依然会去路边小店给孩子买几十元的童装，依然会在逛商场时不忘办理停车优惠券……对此，霍启刚连连称赞妻子简单、朴实。

### 4

其实，随着生活条件的改善，不必说豪门，就是大多数普通家庭，也都不再愁吃愁穿。

在这个物质宽裕的时代，孩子想要什么，长辈们都会千方百计满足，并尽一切可能给孩子最好的。

但，这样真的好吗？

如果一切都来得太容易，孩子对什么都不会太珍惜。相反，如果有意识地让孩子去尝一些"苦"，有意识地过一种有"节制"的生活，孩子反而会倍加珍惜他们得到的一切，也会对他们拥有的一切心怀感恩。

晶刚夫妇的做法，正是这样一种有利于孩子成长的"吃苦"教育。

据港媒报道，近日，晶刚夫妇带着一双儿女外出旅行，旁边并没有豪门惯有的保镖，只有一位抱婴儿的保姆。除了过安检时郭晶晶要搬运行李，其余时间，郭晶晶一直抱着四个多月大的女儿，霍启刚则牵着四周岁多的儿子。儿子走累了，坐在爸爸的行李箱上。晶刚夫妇并没有去抱儿子，而是鼓励儿子自己走。

## 5

北宋史学家司马光曾给他儿子司马康写过一篇题为《训俭示康》的家训，告诉他："由俭入奢易，由奢入俭难。"

这句话的意思是，从节俭变得奢侈很容易，从奢侈转到节俭则很困难。

在这个物质充裕的时代，大多数孩子缺的不是物质，而是精神，一种吃苦耐劳的精神，一种懂得珍惜、懂得感恩的精神。

因此，有些"苦"，需要让孩子自己去尝。尝过后，他才会明白，他得到的"甜"，并非理所当然，而是来之不易。

*2017.9.11*

# 你管得越多，孩子毁得越快

## 1

国庆假期即将到来，我给两个读小学的女儿报名参加为期两天的野外生存训练营。

两天一夜，她们将在老师的带领下，蹚过湍急水流，翻过崇山峻岭，学会钻木取火，应对前所未有的挑战……

一开始，我有点犹豫。毕竟是文弱的女孩子，她们可以吗？

但带队老师的一句话，打消了我的顾虑。

她说："在父母看不见的地方，孩子才能真正成长。"

## 2

带队老师这句话，让我想起了和孩子们一起看的印度电影《摔跤吧！爸爸》。

电影结尾的一个细节，给了我很多启发——

影片里大女儿吉塔最后终于杀进了 2010 年英联邦运动会摔跤决赛。

决赛那天但因为教练的阴谋,父亲无法赶到现场。没有父亲的支持,吉塔能赢吗?

较量越来越艰难,对手的攻势越来越猛。没有父亲的吉塔,几乎已经被现场解说员笃定失败。

但,就在这一瞬间,奇迹出现了。

不再仰望父亲力量的吉塔,内心的小宇宙,终于因为自己而全面爆发了!

她瞅准对手放松警惕的一刹那,用摔跤比赛中难度系数最高、得分最多的一个动作,成功逆袭成为英联邦运动会摔跤比赛的第一个印度籍冠军。

在父亲看不见的地方,吉塔学会了独自面对这个残酷的世界。

这一刻,我觉得,吉塔真正长大了!

## 3

在父母看不见的地方,孩子才能学会依靠自己、努力生长。这个道理,最早是我的父亲教会我的——

今年夏天,父亲从老家来看我们,带来了满满几袋子自己种的蔬菜。

我说:"爸爸,这么热的天,是不是要经常给蔬菜浇水,蔬菜才会长得这么好?"

父亲笑了,说:"一听你这话,就知道你不懂种菜。"

父亲说,种在地里的蔬菜,夏天是不用浇水的。不浇水的蔬菜,为了吸收地下的水分,根就会努力往下生长,根系越来越发达,抗晒能力越来越强。如果浇水,根就懒得往地下生长。时间长了，根就浮在地表上。太阳一晒，很快枯萎了。

我们对孩子的过度关注，就像是夏天给蔬菜浇的过多的水。表面上看起来，是为了让蔬菜长得更好，但这种过度保护，其实不知不觉中就剥夺了孩子学习独立生存能力的机会。

## 4

最近网上盛传两句话，一句是"你不能养我一辈子，为何从小娇惯我"，另一句是"你剪断了我的翅膀，却埋怨我不会飞翔"。

这两句话，都是站在孩子的角度，对父母发出的心声。

当我们责备年轻人"啃老"时，其实也应该反思，是什么导致了年轻人"啃老"？

"啃老"现象的背后，是年轻人生存能力的丧失。

什么是生存能力？百度显示，生存能力包括适应能力、交往能力、管理能力、表达能力、动手能力、创新能力、竞争能力、决策能力、沟通能力等。

从孩子呱呱落地，到他离开父母去独自闯荡，其实只有短短十多年。这十多年里，父母应该做的，不是简单地"授人以鱼"，而应"授人以渔"，即培养孩子的生存能力。

## 5

从孩子上幼儿园开始，每次带她们出门，都是培养生存能力的"练兵"。

在商场、飞机场、高铁站等公共场合，我会教孩子认识各种标识，让她们学会根据标识找到想去的地方。

比如，孩子们想上卫生间，我不会直接带她们去，而是让她们根据标识自己找到卫生间。

有一次，和孩子们去北京玩。坐地铁时，我故意走在后面，让孩子们自助买票、刷票、判断方向。地铁很拥挤，我们三个人差点无法同时挤上车厢。

车开动后，我问孩子们："刚才，如果你们挤上了，我没挤上，你们会怎么办？"大女儿想了想，说："那我们就在刚才约定的地点下车，在那等你。"

我说："对，要沉着镇定，不要慌张。如果等不到妈妈，可以找穿着制服的警察叔叔，借他们的手机打电话给我。"

## 6

所有的爱都指向团圆，唯有父母之爱，指向分离。

再强大的父母，也无法陪孩子走完属于孩子的人生路。

正如龙应台女士在《目送》中说的那样："我慢慢地、慢慢地了解到，所谓父女母子一场，只不过意味着，你和他的缘分就是今生今世不断地在目送他的背影渐行渐远。你站在小路的这一端，看着他逐渐消失在小路转弯的地方，而且，他用背影默默告诉你：不必追。"

因此，从今天起，请相信你的孩子，在你看不见的地方，孩子正在成长，且成长得更好。

2017.10.5

# 后记1："不能让孩子输在起跑线上" or "孩子，你慢慢来"

### 1

"我，坐在斜阳浅照的石阶上，望着这个眼睛清亮的小孩专心地做一件事。我愿意等上一辈子的时间，让他从从容容地把这个蝴蝶结扎好，用他五岁的手指。孩子，你慢慢来，慢慢来。"

这段文字出自台湾作家龙应台写的《孩子你慢慢来》一书。

这本书自 2005 年出版以来，风靡两岸三地，影响了一代又一代父母。

从龙应台的文字里，我们知道了，对待孩子的成长，不是只有那句"不能让孩子输在起跑线上"，还有另一种态度——孩子，你慢慢来。

### 2

对待孩子成长的态度，取决于你认为孩子的人生，是"长跑"，还是"短跑"。

两者的答案，是不一样的。

如果将人生的终点设在生命的尽头，那么，人生就是一场马拉松式的长跑。认为人生是长跑的父母，会用平和的心态鼓励孩子："孩子，你慢慢来。"

如果将人生的终点设在高考，那么，人生就像一场一百米的短跑。认为人生是短跑的父母，会用焦虑的心情催促孩子："孩子，你不能输在起跑线上。"

## 3

生活中有许多父母，不仅要求孩子不能输在起跑线上，甚至还要求孩子"抢跑"。

还未上学，就要学拼音、学汉字、学英语、学数学……原本应该天真烂漫的孩子，过早地被超负荷的"抢跑"压得喘不过气来。

两千多年前的孔子说："欲速则不达，见小利则大事不成。"

当我们一味要求孩子"不能输在起跑线上"时，其实正不知不觉犯着"欲速则不达"的错。

我也曾犯过这样的错。

记得大女儿读小学二年级、小女儿还在读幼儿园中班时，我给大女儿报了一个周六的硬笔书法兴趣班。

想想小女儿在家也没事，就让她跟着姐姐一起学。

结果，有一次我去兴趣班接她们时，看到小女儿一脸无奈地在一个个"品"字格里写字，歪着脑袋，斜着身子，握笔姿势也显然不对……

因为她尚未识字，也不知道字的笔画顺序，只好将写字当画画，完全不按笔画顺序，依样画葫芦而已。

那一刻，我忽然明白，让手部肌肉尚未发育完全的幼儿园小朋友，过早地练硬笔书法，不仅无益，而且有害。害她养成了错误的写字姿势，害她形成了错误的握笔习惯，害她对练书法这件事再也没有无趣……

于是，我停止了小女儿的课程。那一刻，她特别开心，搂着我的脖子说："妈妈，我再也不用担心星期六了。"

## 4

又比如，大女儿上幼儿园时，老师让她们做十以内的加法。放学时，别的小朋友都做完回家了。只有她还在教室里掰手指头，为算不出答案而急得哭鼻子。

那段时间，我特别担心，幼儿园里就跟不上其他小朋友了，那读小学了咋办？

于是，女儿每晚本可以画画、看绘本、搭积木的时间，被我强制要求做数学题，但依然错误百出，让我抓狂。

不过，很奇怪，上了小学一年级后，女儿忽然开窍了。有一天，她举着一张满意的数学考试卷，对我说："妈妈，我现在觉得数学很简单呢！"

## 5

在两个女儿的成长过程中，我渐渐明白，孩子的成长自有其内在规律。

幼儿园阶段，孩子们喜欢在大自然中玩耍，看一群蚂蚁如何搬家，看一条蚯蚓如何在泥土里钻进钻出，看一阵秋风如何将树叶吹下，看一片白云如何变幻出各种形状，看一群大雁如何排成人字形飞向远方……

席慕蓉曾说过，如果一个孩子在他的生活里没接触过大自然，譬如，摸过树的皮，踩过干而脆的落叶，她就没办法教他美术。因为，他没第一手接触过"美"。

鼓励"孩子你慢慢来"的龙应台，在大儿子安安、小儿子飞飞小的时候，常带他们去公园里喂鸭子，到野地里玩泥巴、采野花、抓蚱蜢、放风筝，在花园里养薄荷、种黄瓜，去河边骑单车远行……

这个阶段的孩子，如果让他们做数学加减法，因为孩子的抽象思维还没发展到一定程度，问她 2+5=？他们往往会一头雾水。

上小学后，孩子们的抽象思维能力提高了，加减乘除这些知识自然就能轻松明白了。

因此，在合适的年龄做合适的事，往往事半功倍，反之则事倍功半。

## 6

其实，学习也好，人生也好，绝不是一鼓作气的短跑，而是一场持之以恒的长跑。对于长跑来说，是看谁第一个起跑，还是看谁笑到最后？

我欣赏龙应台的教育理念，不催孩子"抢跑"，而是用"孩子你慢慢来"的心态，蹲下身去，倾听孩子成长过程中内心的声音，陪伴他们身心健康地成长，笑着到达"终点"。

2017.10.23

# 后记2：先生和小情人二三事

**题记：** 看过《我的心里住着一个孩子》的朋友们，总是好奇地问我："书中都是你和欢乐之间的成长故事，怎么没有欢乐爸爸的影子呢？"

其实，欢乐爸爸才是真正的"女儿奴"，感谢每一个码字的夜晚，欢乐爸爸默默无闻、乐此不疲地为女儿们忙碌着……

## 1

先生不是生性浪漫之人，但和两个女儿在一起的点点滴滴，在我眼里，都是"浪漫"。

浪漫，从抱女儿开始。

大女儿出生于2006年4月，春暖花开的季节。

记得大女儿出生后的第一个晚上，我妈和婆婆说由她们来陪夜，但先生自告奋勇，说交给他就行。

结果，孩子她妈只管睡觉，他却伺候了女儿一个晚上。

快天亮时，我迷迷糊糊醒来，看见他在房间里轻轻踱步，怀里抱着熟睡的女儿。

他一脸得意地说，刚才女儿拉过胎便了，他刚换好尿不湿，女儿刚睡着。

他抱女儿的手势，有模有样。女儿在他怀里，睡得十分香甜。

直到现在，我依然觉得，先生一脸温柔地抱女儿时的样子，是他最帅的模样。

## 2

都说女儿是爸爸前世的情人和今生的小情人，一点不假。

先生平时做事有板有眼，但一遇到女儿们，什么原则都可以打破。

比如，他曾当过老师，认为孩子做作业时，家长不应陪在旁边。

但他的女儿们做作业时，他却千方百计想赖在女儿身边。

晚上，我家一般是这样的画面:女儿们在各自房间做作业，看课外书;我在书房写文章，查资料;他穿梭在女儿们房间，不时问问女儿们想吃什么，想喝什么，他为她们端茶递水。

有一次，我在写文章，小女儿跑来书房"告状"，说:"妈妈，你让爸爸不要在我房间啦，影响我做作业了。"

我问原委，欢欢说:"爸爸躺在我床上，一会看手机，一会看我，还要和我聊天。"

先生连忙跑过来向女儿保证:"再让爸爸待会，爸爸保证不打扰你啦。"

那表情，是一脸期待。

莫非是看你千遍也不厌的节奏?

3

睡前，女儿们喜欢让我陪睡陪聊，或许，她们觉得我肚子里的故事比较好听。

先生常常讨好地问女儿们："啥时让爸爸陪你们睡啊？"

女儿们一脸"嫌弃"，说："不要。"

每每此时，先生总是一副无可奈何的表情。

某晚，小女儿兴致大好，忽然想让爸爸陪睡了。她在床上撒娇："爸爸，你来陪我睡吧。"

正在客厅看手机的他，听闻此言，简直是受宠若惊，赶紧回应："哎——来咯。"

然后，急急忙忙穿上拖鞋，朝小女儿房间飞奔而去。

那声"哎"，尾音拖得特别长，真是要有多殷勤就有多殷勤，几乎到了"谄媚"的地步。

4

父亲节，大女儿送爸爸一把扇子，让他天热时扇一扇；小女儿送爸爸一幅她画的水彩画，画面是一束百合花。

先生视若珍宝，将扇子随身放在包里。想着这是女儿送的，恐怕再热的天，心里都有一股清风。

将画装裱好放在办公室里，每天看上几眼。这束百合，注定是开在他心头永不凋零的解语花。

有一次，大女儿和他说悄悄话，我没听清，问他女儿说了什么。

他一脸傲娇地说："不能说，我要替女儿保密。"

那股嘚瑟劲儿，让我瞬间明白了什么是"神气活现"。

## 5

外出旅游，酒店可以租双人自行车。我和大女儿一辆，他和小女儿一辆，比谁骑得快。

小女儿还小，只能勉强够到自行车脚踏板；大女儿身高快追上我了，踩起自行车自然脚底生风。

因此，这样的比赛，明显是我和大女儿有优势。

眼看着我们超过了他们，小女儿着急地给爸爸鼓劲："爸爸加油，快快快！"

这声加油，简直比兴奋剂还灵。

先生立马使出浑身力气，拼了命地狂蹬自行车。以一人之力，硬生生超过了我和大女儿。

车到终点，他累趴了。但小女儿一句"爸爸真棒"，让他马上满血复活。

## 6

最近，天气渐热，先生有了一个光荣的新使命——替女儿们打蚊子。

每晚女儿睡前，他就挥舞着电动蚊拍，到女儿们房间打蚊子。

蚊子有时也很狡猾，停在天花板上纹丝不动。

道高一尺，魔高一丈。先生和它们斗智斗勇，不惜踩在梯子上或是床上，绝不放过任何一只企图要叮他女儿的蚊子。

经过一场艰苦卓绝的蚊子大战，确保房间里没有一个蚊子了，他才放心地关好灯，默默离场。

我对女儿们说："今后，如果你们要写父爱，一定不要忘了爸爸打蚊子这一出哈。"

7

刘墉为女儿刘帆写了一篇文章——《爹地的小女儿》。

在西方的婚礼上，有一个仪式是，新郎放下新娘的手，老父缓步走向自己的女儿，拥抱，起舞。

满座宾客一起轻轻地唱《爹地的小女儿》："你是爸爸的小小可爱的女儿，拥有你，搂着你，你是爹地永远的小小女儿……"

刘墉说，当音乐声起，女儿握住他的手时，他的老泪，像断线珠子般滚下……

我想，那一刻，我家先生也一定会像刘墉那样落泪。

不同的是，他落泪的机会，要比刘墉多一次。

那一刻，我一定会在一旁，拍好照，录好像，供他在两个小情人不在身边的日子里，慢慢回味……

2017.6.29

## 图书在版编目（CIP）数据

我的心里住着一个世界／吕瑜洁著. -- 北京：作家出版社，2020.6（2020.12重印）

ISBN 978-7-5212-0964-8

Ⅰ. ①我… Ⅱ. ①吕… Ⅲ. ①散文集 – 中国 – 当代 Ⅳ. ①I267

中国版本图书馆CIP数据核字（2020）第075469号

**我的心里住着一个世界**

作　　者：吕瑜洁
责任编辑：郑建华　李　雯
装帧设计：连鸿宾　朱文宗
出版发行：作家出版社有限公司
社　　址：北京农展馆南里10号　　　邮　　编：100125
电话传真：86-10-65067186（发行中心及邮购部）
　　　　　86-10-65004079（总编室）
E-mail:zuojia@zuojia.net.cn
http://www.zuojiachubanshe.com
印　　刷：河北鹏润印刷有限公司
成品尺寸：145×210
字　　数：215千
印　　张：9.5
版　　次：2020年6月第1版
印　　次：2020年12月第5次印刷
ISBN 978-7-5212-0964-8
定　　价：36.00元

作家版图书，版权所有，侵权必究。
作家版图书，印装错误可随时退换。